작가님?
작가님!

**작가님? 작가님!**

**초판 1쇄 발행** | 2019년 11월 1일
**초판 2쇄 발행** | 2019년 11월 7일

**지은이** 이경
**발행인** 이대식

**편집** 김화영 나은심 손성원 김자윤
**마케팅** 배성진 박상준 **관리** 홍필례
**디자인** 모리스

**주소** 서울시 종로구 평창길 329(우편번호 03003)
**문의전화** 02-394-1037(편집) 02-394-1047(마케팅)
**팩스** 02-394-1029
**전자우편** saeum2go@hanmail.net
**블로그** blog.naver.com/saeumpub
**페이스북** facebook.com/saeumbooks
**인스타그램** instagram.com/saeumbooks

**발행처** (주)새움출판사
**출판등록** 1998년 8월 28일(제10-1633호)


ISBN 979-11-89271-95-4 03810

# 작가님?
# 작가님!

이경 소설

새움

차례

이야기의 시작을 가능케 한 작가 배지영.
이야기의 마무리를 함께해준 편집자 김화영.
이야기를 쓰는 내내 곁에 있어준 아내 정서영.

세 사람의 영, 에게
감사드립니다.

# 1부 미지의 섬

## 2월
## 18일

하이하버님이 내 페이지를 구독합니다.

## 2월 19일

작가님 안녕하세요? 저는 대도시 서울에 사는 작가 지망생 이화경입니다.
저 이 글 되게 좋아해요. 작가님이 쓰신 에세이 출간 후기 말이에요. '1%의 가능성, 원고 투고로 출간하기'라는 제목에 끌려 읽게 된 글이었어요. 지금껏 열 번도 넘게 읽었을 거예요. 원고 투고자에게 꿈과 희망과 사랑과 용기를 전해주는 글 같아서요. 저는 요즘 음악 에세이를 쓰고 투고하고 있거든요.

'늦은 오후'에 연락 주겠다는 출판사 답을 듣고는 작가님이 종일 기다리시며 아이에게 이렇게 얘기하셨잖아요.

> "서울이랑 군산은 시차 있지 않니? 출판사가 있는 서울은 대도시니까 늦은 오후는 밤 11시 59분까지 아닐까?"

이 문장을 보면서 초조한 마음을 유쾌하게 담아낸 게 좋았어요. 그러면서 희망을 잃지 않는 마음도 느껴졌고요. 제가 정말 요즘 이런 심정이거든요. 투고하고 메일함을 지켜보다가 채택 답변을 받고, 출판사 미팅과 편집을 거쳐, 표지를 정하고 작가님이 계신 동네 한길문고에 책이 진열되기까지의 그 과정이 신기하고 재미있었어요. 이 후기를 접하고서는 작가님이 투고로 냈다는 책 『소년의 레시피』도 찾아보았고요.

사실 저는 글 써서 노벨문학상을 노리는 사람도 아니고 다른 작가의 글을 읽어도 필력을 부러워한 적이 없었거든요. 그런데 작가님이 쓰신 책을 보고는 질투가 나는 거예요. 저도 나름 PC 통신할 때부터 글을 썼는데요. 그때는 유머 동호회에서 글을 썼어요. 작가님 글은 유머와 감동이 같이 묻어나오는데, 와, 정말 질투 났어요.

고백하자면 작가님이 쓰신 책을 아직 완독하진 못했어요. 몇 페이지 남아 있어요. 질투심이 좀 사그라지면 마저 읽으려고 했거든요. 그런데 어제 휴대폰에 작가님이 제 글을 구독한다는 알람이 뜬 거예요. 응? 뭐지? 왜지? 혹시 잘못 누르신 거 아닌가요? 물론 제가 먼저 작가님의 글을 구독했지만요. 작가님 글을 구독하는 독자는 이미 수천 명이잖아요. 그중 한 사람일 뿐인 제 글을 구독해주셔서 많이 놀랐답니다.

이곳에 글 쓴 지 이제 열흘 정도 됐나 봐요. 한 출판사 편집자가 투고 거절 메일을 주면서, 여기를 알려주었거든요. 괜찮은 글쓰기 플랫폼이라며 저에게 꾸준히 글 써볼 것을 권유했어요. 작가 지망생에게 '글쓰기 플랫폼'은 구미가 당기더군요. 뭔가 재미난 일이 생기면 좋겠다는 생각으로 이곳에 글을 쓰기 시작했습니다. 작가님의 구독이 저에게는 처음으로 생긴 재미난 일인 거 같아요. 제가 이렇게 글 쓰면 구독 버튼을 잘못 누르셨더라도 당장 해제하진 못하시겠죠? 하하. 동경하던 필력을 지닌 사람이 제 글을 읽어준다는 거. 이거 되게 기분 좋은데요?

작가님 여기서는 '하이하버'라는 필명을 쓰셔서, 하이하버가 뭔지 찾아봤어요. 〈미래소년 코난〉에 나오는 이상향의 섬이라고요. 저에게는 '작가'라는 직업이 하이하버와 같다고 생각해요. 아직까지 그곳은 이상향이라기보단 미지의 섬과 같지만요. 어떤 일이 펼쳐질지 모르는, 막연하고 아득하지만, 언젠가는 가닿고 싶은 미지의 섬이요.

구독자가 되어주셔서 정말 감사합니다. 여기에 계속 글을 써야 하나 고민했는데 계속해야겠어요. 작가님이 계시는 군산 날씨는 어떤지 모르겠네요. 서울은 많이 따뜻해졌습니다. 월요일입니다. 즐거운 한 주 시작하시길 바랄게요.

하이하버님.

아니, 배은영 작가님.

제 글을 구독해주셔서 다시 한번 감사드립니다.

## 2월 20일

작가님. 작가님이 제 글을 구독하신 게 완전히 의도적이었다니, 고맙네요. 글이 독자의 마음에 가닿길 바라는 마음은 글을 쓰는 누구나 마찬가지겠죠. 그 독자가 재밌게 읽은 책의 작가라면 정말 특별한 경험인 것 같아요. 그러니까 저는 아주 특별한 경험을 하고 있는 사람인 거죠. 구독 알람을 받고서는 많이 놀랐거든요. 저의 어떤 글이 마음에 들었는지도 궁금하고요.

어제는 작가님에게 글 쓰고 그길로 집에 가서 『소년의 레시피』를 완독해버렸어요. 말씀 드렸지만 작가님 글에는 재미와 감동이 함께 묻어났어요. 재미와 감동은 제가 글 쓸 때 항상 염두하고 추구하는 것들이에요. 지금은 에세이를 쓰지만, 앞으로 소설을 쓰게 되더라도 재미와 감동은 꼭 넣으려고요. 제가 작가님 글에 왜 질투를 느꼈는지 이제 아시겠죠?

작가님. 다음 달에 새 책이 나온다고 하셨죠? 꼭 볼게요. 재작년부터 매년 한 권씩 책을 내시는 거네요. 가끔 저를 작가라고 불러주는 사람들이 있어요. 저는 그 말을 들을 때마다 쥐구멍에라도 들어가고 싶은 심정이랍니다. 저 같은 사람이 작가로 불리는 게 가당키나 할까 싶어서요. 첫 책을 준비하고 있지만 책이 나온다고 해도 스스로 작가 타이틀을 부여하긴 어려울 것 같아요. 저는 제 이름으로 된 책 세 권 정도 나오면, 그때야 겨우 작가라고 부를 수 있을까 싶거든요. 누구라도 살면서 책 한 권은 쓸 수 있겠지만, 진짜 작가라면 꾸준히 써야 하는 거라고 생각하거든요.

요즘 구시대에 활동하던 가수들이 '전설'이라는 별명으로 불리잖아요. 저는 그게 싫었어요. 전설은 무슨 전설이람. 그저 시대를 잘 타서 한때 유명세를 치렀던 사람들이 나이 먹고서는 전설로 불리는 것 같았거든요. 심지어 누군가는 스스로를 전설이라고 부르더군요.

제가 좋아하는 뮤지션이 이런 말을 한 적이 있어요. '호랑이는 자기가 왜 호랑이인지 모른다. 사람들이 호랑이라고 불러주기 때문에 호랑이가 된 것이다.' 멋진 말이죠? 저는 스스로 전설이니, 작가니 하는 사람이 되지 않으려고 해요. 제 기준에 작가님은 진짜 작가죠. 세 권의 책을 내기 위해서 꾸준히 글을 써오신 거잖아요.

저는 주로 회사에서 글을 씁니다. 궁금하실지 모르겠지만 저는 광고 회사에 다니고 있어요. 아내와 아이 둘과 함께 살아가는 평범한 직장인이죠. 회사 생활은 바쁠 때도 많지만 한가할 때도 있거든요. 그런 시간에 글을 쓰고 있어요. 사무실에 직원이 많은 건 아니라서요. 적막한 사무실에서 홀로 키보드를 두드리고 있으면 조금 외롭기도 하고요. 집에는 야근한다는 핑계로 사무실에 늦게까지 남아 글을 쓰기도 하고요. 나쁜 아빠이자 남편이죠? 퇴근 후에는 둘째 재우고 TV도 보고 야식도 먹고 하느라 바빠서, 낮에 월급 도둑하면서 글 쓸 수밖에 없어요. 댓글 다는 데 시간차가 있어도 이해해주세요!

아, 작가님이 페이스북에 글 쓰신 거 봤어요. 친구 신청은 안 했지만 몰래 들어가서 본 거예요. 둘째아이 손톱이 빠졌다니 상심이 크시겠어요. 저는 성인이 된 후로 발톱이 빠진 적이 있는데요. 책상을 옮기다가 그만 발에 넘어뜨리고는 발톱이 빠진 거예요. 아프기도 하고 제대로 걸을 수 없는 게 괴로웠어요. 새로 발톱이 자라는 시간도 오래 걸렸고요. 성인인 저도 그렇게 힘들었는데, 둘째아이가 잘 견뎌내고 있다니 대견하네요. 시간이 지나면 더 예쁜 손톱이 자라나겠죠. 둘째 손톱이 얼른 자라면 좋겠네요.

이번에 같이 작업하신 출판사 대표님 글투가 저랑 비슷하다니, 대표님 글도 찾아봐야겠어요. 작가님, 새 책도 대박 나시길!

## 2월 21일

작가님. 제가 쓴 글에 소개한 음악을 듣고 눈물 흘리셨다고요? 그런데 음악은 잘 모르신다고요? 음악 듣고 마음이 동하면 음악 잘 아는 거죠! 저도 음악 잘 몰라요. 악보도 볼 줄 모르고요. 흔히 말하는 막귀예요. 막귀.

저는 음악 웹진에 몇 년간 글을 썼어요. 그때도 음악 평론 같은 건 못하고 에세이나 가사 위주로 썼어요. 그게 동기가 돼서 음악 에세이 원고를 쓰고 투고를 하게 된 거고요. 그러다가 작가님이 쓰신 책을 읽게 됐고, 이렇게 작가님에게 글을 쓰고 있네요.

글 쓰다 보면 자괴감을 일으키는 분들이 몇몇 있어요. 필력으로 얘기할 거 같으면 바로 작가님 같은 분이요! 영화평론가 중에 빨간 안경 쓰시는 분 있잖아요. 그분은 영화평론가인데도 집에 음반이 만 장이 있다고 하더라고요. 계산기 두드려봤는데 만 장이면 매일 음반을 세 장씩 10년을 사야 해요. 어우, 저는 그렇게 못해요. 항상 듣는 것만 듣고요. 그래서 그 평론가를 보면 자괴감 들어요. 어떻게 영화평론가가 음악 글을 쓰는 나보다 음반이 더 많을 수가 있지? 하면서요.

저는 책 읽는 속도도 느려요. 책 한 권을 한 달 동안 붙잡고 있을 때도 있어요. 작가님은 책도 되게 빨리 읽으시는 거 같아서 그것도 부러웠어요. 작가님이 둘째 가졌을 때 두 달간 병원에 입원했었다는 글을 본 적이 있어요. 그때 박경리의 『토지』를 두 번 읽으셨다는 글 보고는 깜짝 놀랐어요. 저는 절대 그렇게 못 해요. 저 약간 스토커 같나요? 작가님이랑 댓글 주고받기 시작하면서 작가님이 쓰신 글 많이 찾아봤거든요. 작가님에 대한 애정으로 이해해주세요!

저는 사람들에게 음악 추천해주는 거 좋아해요. 작가님, 어제는 글 쓰신다고 힘드셨다니 푸른새벽의 〈보옴이 오면〉 들으시면 좋을 것 같아요.
보옴이 오면 모두들 한 번쯤 뵙고 싶어요.
보옴이 오면 놓아둘 곳 있겠지요.
지금 이렇게 버티고 나면 그때 행복할까요?
하는 가사예요.

군산은 날씨가 좋았다고요? 점점 더 따뜻해지고 작가님 새 책이 나오는 보옴이 오면 그때는 글 쓰신다고 힘드셨던 거 보상 받으실 거예요. 작가님에게 글 쓸 때는 어쩐지 수다쟁이가 되어버리는 것 같네요. 저 말 많은 사람 아니에요. 수줍음 되게 많고요. 거래처 사람이 저보고 말 좀 하라고 얘기할 정도예요. 아마 평생 영업은 못할 거로 생각해요. 작가님에게 수다 떠는 건 팬심이라고 봐주세요!

## 2월 22일

작가님은 사투리를 안 쓰세요? 저는 작가님이 계신 군산이나, 작가님 부모님이 계시다는 영광은 한 번도 안 가봤어요. 전주는 몇 번 가봤는데 그쪽은 사투리를 거의 안 쓰더라고요. 저는 대구에서 태어나서 어릴 때 서울로 올라왔어요. 사업을 하시던 아버지가 먼저 서울에 올라와서 자리를 잡으셨고요. 엄마랑 저랑 형은 1년 지나서 서울로 올라온 거예요. 그때가 다섯 살 때니까, 저는 서울 사람이나 마찬가지죠.

부모님은 모두 대구에서 나고 자라셨죠. 여전히 지방의 말투를 쓰세요. 어릴 때는 친구들을 집에 데려오는 게 좀 싫기도 했어요. 엄마, 아버지는 평소대로 대화하는데 사투리가 억세서 친구들이 들으면 다투는 것처럼 들릴 수도 있을 것 같았거든요. 지금은 엄마 말투를 좋아해요. 아버지 말투는 아직 조금 무섭지만요. 작가님의 글을 보면서 작가님 말투도 상상해보았어요. 글만 봐서는 굉장히 쾌활하실 거 같아요.

아, 제가 대구 살 때는 워낙 어릴 때라 기억이 많이 없는데요. 옆집에 살던 아저씨 한 분이 기억에 남아요. 저는 그분을 '뽀빠이'라고 불렀거든요. 정말 뽀빠이처럼 체격이 좋으신 분이었어요. 그분이 저를 참 예뻐해주셨거든요. 다섯 살 때 저는 그분이랑 '친구'였죠.
서울 올라오고 나서 어느 명절날 대구에 다시 내려갔을 때 뽀빠이 아저씨는 더 이상 친구가 아닌 낯선 아저씨가 되어 있었어요. 아버지가 저에게, "뽀빠이 아저씨한테 인사해야지." 다그치시는데 저는 그저 고개만 숙이고 있었어요.
내 앞에 있는 사람 아저씨 아닌데, 나랑 친군데, 아저씨라고 부르지 마. 그러면서 고개 숙인 채 울었죠. 나이 먹으면서 예의범절이란 걸 알아가야 했고, 나보다 나이가 많은 사람과는 친구가 되기 힘들다는 사실을 깨달아야 했어요.
아이에서 어른이 되는 그 경계는 불분명하지만, 눈물과 함께 그렇게 커가는 거겠죠. 저랑 작가님은 적잖게 나이 차이가 나지만, 먼 훗날에는 친구처럼 지낼 수도 있을까요? 서로의 글을 읽고 좋아해주면서, 그렇게 지낼 수 있을까요?

얼마 전부터 둘째가 카시트에 앉기 시작했어요. 둘째는 세 살이지만 12월에 태어나서 이제 막 15개월 됐거든요. 그동안 카시트도, 유모차도 앉지 않으려고 해서 항상 아내가 안고 다녀야 했어요. 이제 가족 행동반경이 조금은 넓어졌습니다. 날이 좋아지면 작가님이 계신 군산에도 한번 갈 수 있을지 모르겠네요.

작가님이 쓰신 글 중에 군산에 이성당 빵집이 유명하다는 글 봤어요. 아내가 둘째라면 서러운 빵순이거든요. 군산에 가게 된다면 꼭 들를 거예요.

## 2월
## 23일

작가님, 작가님. 저는 태어날 때 안 울었대요. 엄마 뱃속에 있다가 세상에 나와서는 놀랬었나 봐요. 의사가 아무리 꼬집고 궁디 팡팡해도 안 울다가, 한참 있다가 울었대요. 그때 엄마는 제가 잘못된 줄 알았대요. 엄마가 이 얘기를 아직도 하세요. 그때 안 운 거 크면서 많이 운 거 같아요. 초등학생 때는 친구랑 다투고는 화해할 때 그게 또 미안하고 서러워서 울고 그랬어요.

작가님도 둘째 때 임신성 당뇨가 있었다고요? 제 아내도 둘째 때 허벅지에 인슐린을 놓았어요. 아내가 저 몰래 간호학이라도 배운 걸까 싶었죠. 매일 아침 스스로 허벅지에 주사 바늘을 찌르는 모습 보면서 미안하기도 했어요. 그저 지켜보는 것 말고는 제가 해줄 수 있는 일이 없더군요.
그렇게 둘째는 예정일보다 일찍 세상에 나오고는 큰 병원에서 검사를 받기도 했어요. 저도 태어날 때 엄마 속을 썩였는데, 우리 둘째도 그런 거예요. 이런 것도 유전일까요? 작가님이 제가 쓴 글 보고 둘째에게 안부를 전하고 싶다 하셨죠? 둘째가 태어날 때 좀 아팠다는 글이요. 지금 둘째는 괜찮아요. 잘 먹고 씩씩하게 잘 크고 있어요. 작가님 둘째아이 아토피는 좀 나아졌나요? 그러고 보니 저도 둘째예요. 작가님도 둘째시죠? 자꾸 공통점을 찾으려고 하네요.

사실 요즘 작가님 페이스북에 가서 몰래몰래 글 훔쳐보고 있어요. 나중에 제가 친구 신청할 테니 받아주세요. 당장은 안 할래요. 이게 어떤 감정인지는 모르겠는데요. 음. 작가님과는 천천히 친해지고 싶은 느낌? 작가님과의 인연을 글로 써두었어요. 작가 지망생이 글을 쓰고 재밌게 읽은 책의 작가가 그 글을 구독하기 시작했다는 내용이에요. 아직 어디에 올린 건 아니에요.

아, 저한테 작가님이라는 호칭이 부담스럽다고 하셨잖아요. 저는 홍길동이 아니에요. 그러니 작가님을 작가님이라고 못 부를 이유가 없어요. 작가님 아직 제 나이 모르시죠? 큰 비밀이 아니니까 알려드릴게요. 작가님과 저는 아홉 살 차이예요. 주변에는 아홉 살 많은 누나, 형들이 있어요. 작가님과 너무 친해지면 제가 누나! 하면서 예의범절 사라질지도 몰라요. 당분간은 작가님이라고 부르게 해주세요.

나중에 더 친해진다면, 그때는 저도 몰라요!

## 2월 25일

저는 작가님이 영광에서 태어나 결혼하시고 군산에 사시는 건 줄 알았어요. 광주 태생이셨군요. 그럼 광주민주화운동도 남다른 기억으로 갖고 계시겠네요. 그때는 많이 어릴 때였겠군요. 저 중학생 때 국어 선생님이 광주 출신이었어요. 광주민주화운동 때 대학생이었대요. 애들 세워 놓고 회초리로 종아리를 착착 때리는 선생님이었어요. 여자 선생님이었는데 저는 그 선생님 좋아했어요. 맞기도 많이 맞았는데 그래도 괜찮았어요. 가끔 그 선생님이 광주에서 있었던 일을 들려주곤 했는데 어릴 때는 그게 무슨 얘기인지 잘 몰랐어요.

그 선생님이 애들한테 장난도 잘 쳤거든요. 어느 여름날에는 물총을 들고 오셔서는 조는 아이들한테 쏘곤 하셨어요. 저는 그 선생님 바로 앞에 앉아 있었는데요. 제가 왜 그랬는지 모르겠는데 물이 나오는 구멍의 방향을 바꿔 놓은 장난을 친 적이 있어요. 그 선생님이 칠판에 글씨 적을 때요. 선생님이 물총을 쏘시곤 물이 엉뚱한 곳으로 날아가자 범인 나오라고 해서 손들었더니 그냥 웃어넘기시더라고요. 사실 되게 많이 혼날 줄 알았거든요.

저는 중학생 때 나이에 어울리지 않는 노래를 부르곤 했어요. 김수희가 불렀던 〈남행열차〉 같은 걸 교실에서 불렀거든요. '비 내리는 호남선 남행열차에'로 시작하는 곡이요. 국어 선생님은 수업시간에 가끔 아이들에게 노래를 시키곤 하셨는데요. 어느 날은 제가 〈남행열차〉를 불렀더니 또 웃으시는 거예요.
제가 제일 좋아했던 선생님이에요. 저를 보고서는 웃어주셔서 그런가 봐요.

그런데 사실 저는 호남선 열차를 타본 적이 한 번도 없어요. 군산은… 아마도 호남선이겠죠?

## 3월 1일

저는 작가님 책을 2쇄로 읽었어요. 쇄마다 차이가 있나요? 오탈자가 있었나요? 저는 작가님 책을 보면서 기억에 남는 오탈자는 없었던 거 같아요. 누군가 맞춤법을 틀리면 그걸 꼭 지적하는 사람들이 있잖아요. 저는 그렇지는 않아요. 지적하고 손가락질하는 행동이 그리 좋아 보이진 않더라고요.
손가락질할 때 보면 검지는 상대방을 가리키지만, 중지와 약지, 새끼손가락은 자신을 가리키잖아요. 무언가를 지적하고 알려주는 행동이 꼭 그런 거 같았어요. 상대방을 향한 지적이 저 자신에게도 해당될 수 있으니까요. 저조차도 모르고 쓰는 맞춤법이 많고, 특히 띄어쓰기는 항상 어렵고요.

다만, 좋은 책을 읽어나갈 때 호흡이 멈추는 경우가 있거든요. 그럴 때면 꼭 오탈자가 눈에 띄더라고요. 틀린 글자가 고개를 빼꼼 내밀면서 "나 좀 이상해 보이지 않아?" 하는 느낌이랄까요. 작가님 책은 정말 꼼꼼하게 만들어진 거 같아요. 호흡 멈추는 일 없이 쉽게 쉽게 읽어나갔거든요. 책 속에 어려운 단어가 없었어요. 가끔 젠체하며 글 쓰는 사람들 보면, 저는 좀 싫더라고요.

쓰고 보니 '젠체하다'라는 말도 조금 젠체한 느낌이 나네요. 단어 자체에서 단어 뜻이 느껴지는 말 같아요. 다시 말하자면 저는 잘난 체하며 글 쓰는 사람들은 별로 안 좋아해요. 작가님 책은 누구라도 읽을 수 있는 글 같았어요. 좋은 글이 항상 쉬운 글은 아니지만, 제가 좋아하는 글은 항상 읽기 쉬웠어요.

어휘력이 좋은 편은 아니라서 작가님 책에서 '후텁지근'이라는 단어를 봤을 때는 조금 생경하긴 했답니다. 혹시 '후덥지근'의 오타가 아닐까 했지요. 하나만 알고 둘은 몰랐던 거예요. 사전을 찾아보니 '후덥지근'도 있고 '후텁지근'도 있더라고요. 작년 여름은 정말 후텁지근했던 게 맞는 거 같아요. 모르던 단어를 알게 되면 기분이 좋아져요.

예전에 알고 지내던 형이 하나 있는데요. 그 형은 모든 ㅔ를 ㅐ로 썼어요. '그런데' 같은 걸 '그런대'라고 썼죠. '내게'는 '내개'로 썼고요. 그 형 세계에선 ㅔ란 아예 존재하지 않는 것 같았어요. 처음엔 몰라서 그러는 건가 했는데 나중에 보니 의도적으로 그러는 것 같기에 물어봤죠. 왜 ㅔ를 쓰지 않고 ㅐ를 쓰냐고요. 형은 ㅐ를 쓰는 게 안정적으로 보인대요.

생각해보면 저도 그렇게 쓰는 게 있어요. 의존명사요. 의존명사는 진짜 이상하지 않나요? 혼자서는 아무것도 못 하잖아요. 등장할 때도 무엇과 어울리지 못하고 혼자 멀뚱히 떨어져서 왕따같이 있을 때가 많잖아요.

저란 인간은 꼭 의존명사 같다고 생각했어요. 누군가에게 자꾸 의존하며 살아가는 것 같아서요. 글 쓰면서 앞으로 작가님한테 의존할지도 몰라요.

저는 왠지 의존명사는 붙여 쓰는 게 좋아요. 그게 조금 안정감 있어 보여서요. 제가 가끔 의존명사를 붙여 쓰더라도 이해해주세요. 몰라서 그러는 거 아니에요. 진짜예요.

## 3월 2일

작가님. 저는 제 이름이 어릴 때 되게 안 좋았어요. 이화경. 여자 이름 같기도 하고, 이름에서 느껴지는 포스도 없어서요.

제가 몇 년 전부터 몸이 좀 안 좋아졌거든요. 매일 아침 알약 두 개를 삼키며 하루를 시작하고 있어요. 하나는 혈압약이고 하나는 통풍약이에요. 혈압약은 가족력이 있어서 언젠가는 먹어야 될 거라고 생각했는데, 두통이 점점 심해져서 먹고 있네요.

그런데 통풍은 정말 생각지도 못한 병이었어요. 어느 주말 발이 너무 아파서 걸을 수가 없더라고요. 처음엔 자다가 나도 몰래 벽에 발차기를 한 건가? 싶었어요. 기다시피 병원에 가서 엑스레이를 찍었는데 아무 이상이 없는 거예요. 나중에 피검사를 했더니 통풍이라고 하더라고요.

통풍이 바람만 불어도 아파서 통풍이래요. 많이 아프긴 하더군요. 병원에서 통풍은 잘 먹어도 걸릴 수 있는 병이라고 했어요. 고기 많이 먹고, 술 많이 먹는 사람들이 걸리기 쉽다면서요. 그래서 귀족병이라고도 불린대요. 사실 좀 억울했어요. 저는 귀족이 아닌데. 더구나 저는 술도 잘 안 마시거든요. 나한테 왜 이런 병이 찾아온 걸까 싶었죠. 완전 불청객이었어요.

암튼 혈압도 통풍도 현대의학으로는 고칠 수 없어서 죽을 때까지 약을 먹어야 한대요. 매일 눈뜨고서 약을 찾아야 하는 일은 여간 귀찮은 게 아니에요. 이 알약 두 개는 저랑은 평생 친구처럼 지내겠죠. 조금은 번거롭고 고달픈 친구들이요.

그렇게 몇 년 전부터 몸이 좀 안 좋아지니까, 엄마가 개명을 하는 게 어떠냐고 하셨어요. 이름에 기운이 없어서 자꾸만 몸이 아픈 거 같대요. 엄마가 어디서 또 이상한 이야기를 듣고 오셨나 싶었죠. 막상 이름을 바꿔볼까 했더니 그건 또 싫었어요. 30년 넘게 쓰던 이름을 다른 이름으로 바꾸려니 서운하더라고요.

최근에 정미경 유작 『가수는 입을 다무네』를 읽었거든요. 기형도의 시詩 제목과 동명의 소설이요. 여기에선 '이경'이라는 인물이 나와요. 이름이 예쁘더라고요. 이 책을 보면서 글 쓸 때 '이경'이라는 이름을 필명으로 써볼까 생각했는데 그냥 제 이름으로 쓰려고요. 글이 좋으면 이름 따위 대수일까 싶었어요. 글이 좋으면요.

작가님도 같은 이름의 소설가가 있더라고요. 책 내실 때 필명 고민은 없으셨는지 궁금해요. 그런데 작가님은 본명도 예뻐요. 제가 작가님이더라도 본명을 썼을 거예요.

시간 되시면 『가수는 입을 다무네』 읽어보세요. 전설적인 록밴드 보컬 '율'의 이야기인데요. 저는 '율'의 이야기를 보면서 왠지 임재범이 떠올랐어요. '율'에서 느껴지는 분위기가 묘하게 임재범을 떠올리게 하더라고요.
저 임재범 좋아하거든요. '사랑'은 정의내리기 어려운 단어잖아요. 어릴 때 연애 한 번 못 해봤으면서 '사랑'이란 뭘까 생각해본 적이 있어요. 존 레논 곡 중에 〈Love〉라는 곡이 있는데요. 이 곡에 'Love Is Knowing We Can Be'라는 가사가 나와요.
'사랑은 우리가 무언가 될 수 있음을 아는 것' 정도로 해석될까요? 어릴 때 이 가사가 되게 멋있는 거예요. 누군가 사랑이 무어냐고 물으면 그때마다 "사랑은 우리가 무언가 될 수 있음을 아는 거야."라고 얘기하곤 했어요. 허세가 좀 심했죠?

실제로 연애를 해보고 첫사랑에 실패하고 나서는 사랑에 대한 새로운 정의가 필요했어요. 첫사랑이 떠나던 날 밤새 임재범의 곡을 들었거든요. 〈아름다운 오해〉라는 곡이요. 역시나 사랑에 대한 정의를 내리는 곡인데요. 사랑은 영원할 거란 오해로 시작되는 슬픔, 사랑은 언젠가 가라앉는 난파된 배를 타는 것, 사랑은 찬란한 빛 때문에 눈이 멀게 되는 것… 하는 가사예요.

사랑은 정말 묘한 단어죠?

그나저나 정미경 작가는 너무 일찍 떠난 거 같아요. 『밤이여, 나뉘어라』를 읽은 게 엊그제 같은데…….

3월
3일

가끔 작가님한테 글 쓰고 지우기도 해요. 궁금해서 이것저것 물어보고는 혹시 이건 외람되는 질문이 아닐까 싶을 때요. 저 엄청 소심하거든요. 많이 친한 척하고 싶은데 아직 그 정도는 아니니까 조심하고 있어요. 사실 물어보고 싶은 것도 궁금한 것도 아주 많거든요. 요즘엔 '작가'란 무엇일까, 하는 궁금증에 사로잡혀 있어요.

김광석이 부른 〈잊어야 한다는 마음으로〉 아시죠?
'하얗게 밝아온 유리창에 썼다 지운다 널 사랑해'
이 가사를 정말 좋아하거든요.

작가님한테 글 썼다가 지우더라도 애정하는 마음은 남아 있을 테니 그것도 나름 괜찮겠죠?

3월
7일

작가님. 작가님이 저와 마찬가지로 '생활하면서 글을 쓴다.' 하셨던 이야기가 궁금했어요. 저는 작가님이 당연히 글 쓰는 일로 밥벌이를 하실 거라 생각했거든요. 저는 회사 다니면서 글을 쓰긴 하지만, 작가님도 글쓰기 외에 따로 직업이 있는 건가요? 그러면 많이 바쁘고 힘들지 않아요? 재택근무하신다니 일반적인 직장 생활은 아니신 거 같아요. 어떤 일을 하시는지 궁금하네요.

아! 제가 궁금해하는 건 그냥 궁금해하는 거예요. '얘는 뭘 이런 걸 궁금해하나.' 하고 그냥 지나치셔도 좋을 그런 궁금함이에요. 그러니까 꼭 답을 안 주셔도 상관은 없어요. 요새는 정말 작가의 삶은 어떤 건지 궁금하거든요. 어떤 사람이 작가가 되는 건지 궁금해요.

저 같은 사람도 작가가 될 수 있을까요?

3월
8일

작가님. 아이들한테 글쓰기를 가르치시는군요. 어쩐지 그럴 줄 알았어요. 글쓰기를 놓지 않고 살아오신 거네요. 꾸준히 글과 관련된 일을 하셨던 거네요. 작가님에게 글쓰기를 배우는 아이들이 부러운데요?

요즘은 책이 안 팔리는 시대라서, 전업 작가는 손에 꼽는다고 하더라고요. 글만 써서 생활이 가능하다면 참 좋긴 할 것 같아요. 그러려면 엄청 유명한 작가가 되어야겠죠?

출간하신 책이 베스트셀러가 되면, 그때는 전업 작가가 될 수 있는 건가요?

## 3월 10일

작가님 고교시절에 '자아성찰'이라는 동아리 활동을 하셨다니, 이름이 멋진데요? 그 어릴 때부터 자아를 찾으신 거예요? 얘기하신 자아성찰이 CA인 거죠? 그러니까 특별활동이라고 부르는 거요.

저는 고등학생 때 도서부였어요. 당시에는 책도 많이 안 봤으면서 도서부에 들어간 거예요. 특별활동이지만 특별하지 않은 곳에 들어가고 싶었거든요. 도서부가 왠지 제일 만만해 보였어요. 그냥 튀지 않는 부에 들어간 거예요. 학교 축제 때는 책을 전시했고요. 축제는 3학년 선배들 지도 아래 2학년이 주도해요. 학교 축제 때 도서부가 할 수 있는 게 뭐 그리 있겠어요. 그저 몇 권의 책을 전시하고, 그 책에 대한 설명을 폼보드에 보기 좋게 붙이기로 했죠. 책만 전시해서는 다른 부서랑 경쟁력이 없을 것 같아서 책이랑 CD를 같이 전시했어요.

낮에 축제를 준비하다가 시간이 모자라면 밤늦게 부실에 모여 마저 준비를 해야만 했죠. 밤의 학교는 귀신이라도 나오는 걸까요? 축제 준비한다고 늦은 밤 학교 앞에 부원들이 모였는데, 정문이 잠겨 있는 거예요. 문이 잠겼다고 축제 준비를 미룰 수는 없는 노릇이고요.
우리들은 하나, 둘 학교 담을 넘어서 CA부실로 들어갔어요. 가끔 그 늦은 밤 학교 담을 넘을 때 우릴 비추던 가로등 불빛이 생각나요. 환하고 노랗던 가로등 불빛이었어요. 가로등 불빛 안에는 하루살이들이 가득했어요. 그 하루살이들이 마치 축제 준비한다고 열심히 뛰어다니던 우리들 모습 같기도 했고요.

축제 때 학교에서 지원을 많이 해준 건 아니었어요. 축제 팜플렛에 들어갈 내용을 정리하면서 스폰서를 구하기로 했거든요. 팜플렛 여백에 문방구 같은 가게를 광고해주고 광고비를 받는 계획을 세웠어요. 수업이 끝나면 부서 애들이랑 같이 학교 주변 상인들을 만나서 설명을 드렸죠. 팜플렛에 광고를 해줄 테니, 지원을 부탁드린다고요. 그런데 광고를 못 잡았어요. 선배 말로는 예년까진 이런 방식이 통했다던데, 그때 IMF를 지나던 때라 경기가 어려웠거든요.

결국 축제날까지 스폰서를 못 구했어요. 대망의 축제날이 왔는데 얌전하고 시시한 도서부는 학교 축제의 주인공이 될 수 없더군요. 선생님의 매타작은 신경도 안 쓴다는 듯 온갖 색으로 머리를 물들인 밴드부 정도 되어야 주변 여고생의 환심을 살 수 있었어요. 어떤 녀석은 파란색으로 머리를 물들여 꼭 스머프 같았다니까요. 도서부는 동년배의 여고생보다 학부모들에게 더 인기가 많았어요.

책은 많이 안 봤지만 축제 준비하던 시간은 즐거웠어요. 다시는 돌아오지 않을 시간이잖아요. 친구들을 매일 볼 수 있던 시간이요. 꼴통들이 뭐 좀 해보려고 아등바등하던 시간들이요. 그때 잠겨 있던 문을 피해 담을 넘을 때는 무언가 막혀 있는 세상 너머로 올라가는 느낌도 들었죠. 꿈이 많던 청춘 시절이었네요.

아, 작가님. 축제 때 제가 전시했던 책은 무라카미 하루키의 『상실의 시대』였어요. 선배가 추천해서 읽고서 전시를 했던 거예요. 그때 하루키의 『상실의 시대』를 처음 읽었어요. 저는 『상실의 시대』를 읽기 전에는 하루키가 아주 오래된 고전 작가인 줄 알았어요. 하도 사람들이 하루키, 하루키 해서요. 그런데 『상실의 시대』를 처음 보고는 너무 야한 거예요. 고등학생이었으니, 받아들이기엔 좀 많이 야한 소설이었죠.

그 후에 일본 소설을 읽으면 그때마다 좀 야한 거예요. 무라카미 하루키 소설을 처음 읽고서는 이름이 비슷한 작가를 찾아 읽어야지, 하고 무라카미 류 소설을 읽는데 내용이 막 변태적인 거예요! 제목이 '피어싱'이었나, 그랬던 거 같아요. 내용은 잘 기억 안 나는데 암튼 좀 야했다는 것만 생각나네요.

하루키 소설은 너무 어릴 때보다는 조금 나이 들고서 읽으니까 더 좋은 거 같아요. 『상실의 시대』 세 번 읽었어요. 고교시절 축제 준비하며, 스물 넘어서, 서른 넘어서. 나이 들어 읽을수록 좋더라고요. 와타나베가 미도리에게 봄날의 곰만큼 좋아한다고 말하는 내용은 언제 읽어도 좋고요.
저는 『상실의 시대』보다 'Norwegian Wood'라는 원제가 더 좋아요. 비틀스의 곡 제목에서 따온 제목이잖아요. 사람들은 이걸 '노르웨이의 숲'으로 해석하던데 저는 '노르웨이산 목재'로 해석하는 게 맞는 거 같아요.

자아성찰 출신 배 작가님.
작가님도 하루키를 좋아하세요?

## 3월
## 12일

얼마 전 일본 소설 『편의점 인간』을 읽었어요. 실제로 편의점에서 오랜 시간 알바를 한 작가의 자전적 소설이래요. 저는 편의점에 거의 매일 가거든요. 하나를 사면 하나를 더 얹어주는 싸구려 캔커피 같은 걸 사요.
며칠 전에 회사 근처 편의점에 갔더니, 편의점 알바가 『편의점 인간』을 읽고 있는 거예요. 현실의 편의점 인간이 소설 『편의점 인간』을 읽고 있으니 그 광경이 재밌더라고요. 아는 척 하고 싶었어요. 어? 저도 얼마 전에 이 소설 읽었어요, 하고요. 그러진 않았죠. 이상하게 보일 수도 있을 거 같아서요. 그냥 계산만 하고 나왔어요.
소설 『편의점 인간』 속 주인공도 편의점에서 알바를 하는데 공감 능력이 조금 떨어져요. 성격 좀 이상한 사람이네, 싶은 사람이에요. 공감 능력이 떨어지는 주인공을 보면서 저랑 비슷하다는 생각이 들었어요. 제 성격도 좀 이상한 걸까요?

예전에 유머 동호회에서 수안보로 여행을 간 적이 있는데요. 유머 동호회니까 사람들이 얼마나 유쾌하겠어요. 평소에 항상 웃고 밝은 모습만 보이던 사람들이 밤에 술이 한잔씩 들어가면서는 다들 눈물을 흘리는 거예요. 겉으로는 밝은 사람들이었지만 사실은 삶이 팍팍했던 거죠. 눈물은 웃음만큼이나 전염이 크더군요. 다들 그렇게 우는데… 저는 안 울었거든요. 나도 여기서 울어야 하는 걸까? 싶었어요. 저, 공감 능력이 좀 떨어지는 걸까요?

공감 능력이라는 거 글 쓸 때도 마찬가지예요. 저는 글 쓰면서 사람들이 제가 쓴 글 많이 읽어주고 댓글도 달아주길 바라거든요. 그러면서 악플은 또 받기 싫어하고요. 다들 비슷하겠죠? 그런데 저는 정작 다른 사람이 쓴 글에는 댓글 거의 안 달거든요. 다른 사람 글에 저의 흔적을 남기는 게 부담스러웠던 거 같아요.
은유 작가가 쓴 『쓰기의 말들』을 읽었는데 댓글 받고 싶으면, 먼저 다른 사람 글에 댓글 달라고 하더라고요. 한 페이지에는 글쓰기 관련 명언이 나오고, 옆 페이지에는 은유 작가의 사유나 경험이 적혀 있는데 책이 좋았어요. 아, 『쓰기의 말들』에 담긴 명언은 이거였어요.

> 인간은 자기 손에 넣고 싶다고 바라는 것을 우선 다른 사람에게 증여함으로써만 손에 넣을 수 있다. _우치다 타츠루

댓글 받고 싶으면, 먼저 댓글 달라는 얘기잖아요. 『쓰기의 말들』을 읽고서는 은유 작가 페이스북 가서도 댓글을 달았어요. 책 잘 읽었다고요.

사실 저는 그동안 글쓰기 관련 책을 거의 안 봤거든요. 요즘 들어 투고하면서 조금씩 보고 있어요. 글쓰기 강의 같은 것도 들어본 적이 없어요. 수강료가 말도 안 되게 비싼 곳도 있더라고요. 수강료가 돈 천만 원 넘는 곳도 있던데 그럴 바에 차라리 자비 출판하는 게 낫지 않을까요? 한 달이면 책 한 권 쓴다! 그렇게 홍보하는 곳은 영 믿음이 안 가요. 물론 작가님처럼 소수정예로 하는 글쓰기 강의에는 거부감 없지만요.
누군가에게 글쓰기를 배우면 가지고 있는 고유의 글맛이 사라지지 않을까 하는 어쭙잖은 생각이 있었나 봐요. 그런데 작가님은 스티븐 킹의 『유혹하는 글쓰기』를 100번 넘게 읽었다고 하셨잖아요. 내가 뭔가 좀 착각하고 있구나 싶었죠.

『유혹하는 글쓰기』를 한번 읽어볼까 싶어요.

## 3월 14일

민방위훈련 받으라는 안내문이 왔어요. 이제 나이 들었다고 밖으로 나오지 말고 사이버 교육을 받으래요. 온라인 교육도 아니고 사이버 교육이라니. 이거 받으면 저 사이버 전사 될 수 있을 거 같아요. 사이버 교육을 받으면 악플도 잘 달 수 있을까요? 저는 살면서 악플 달아본 기억이 거의 없어요.

가끔 작가님 글에 악플 다는 사람들도 보이던데요. 글을 제대로 읽어보지도 않고 쓴 글 같았어요. 제가 다 화가 나더라니깐요. 작가님도 악플에 상처를 받으시겠죠?

유시민 작가가 쓴 『표현의 기술』을 읽었더니 악플에는 무시가 답이래요. 무시도 그냥 무시가 아니고 ×무시요. 악플러는 아예 상대하지 말라는 이야기였어요. 악플러를 아무리 달래고, 설득하려 해도 바뀌지 않는대요. 그런 악플 하나하나에 스트레스 받는 건 불필요한 감정 소모일 테니 신경 끄고 사는 게 맞겠죠.
유시민 작가의 글은 머리로는 이해가 되지만, 막상 마음으로는 어려운 일인 거 같아요. 저는 글 쓰면서 악플을 많이 받지는 않았어요. 될 수 있으면 많은 사람들이 공감할 수 있는, 예쁜 글을 쓰려고 했던 거 같기도 하고요. 그런데 또 누군가는 호불호가 갈리는 글을 쓰는 게 좋다고도 하더라고요.
글을 쓰는 일은 참 어렵지만, 때로는 글을 쓰고 나서의 반응을 대하는 일이 더 어려운 것 같아요. 백 개의 호평을 봐도 하나의 악평을 본다면 글을 쓴 사람은 상처받을 수 있겠죠. 뭐, 그게 글 쓰는 사람의 숙명이긴 하겠지만요.
아, 유시민 작가가 악플에 대한 이야기를 하면서 덧붙인 얘기가 있는데요. 악플은 무시하더라도, 악플과 부정적인 비판은 구분할 줄 알아야 한다고 했어요. 맞는 말 같아요. 꽉 막혀 있기보단 겸허하게 비판을 수용할 줄 아는 태도는 필요할 것 같아요.

제가 글 쓰면서 구독자가 늘지 않아서 힘들어한 적이 있거든요. 그래서 한 커뮤니티에 이런 어려움을 얘기했더니 누군가 저한테 그러는 거예요. 일단 글을 잘 쓰면 구독자는 자연스레 늘 거라고요. 저보고 글이나 잘 쓰라고 했어요. 처음에는 이 댓글을 보고서는 기분이 나빴는데, 틀린 말은 아닌 거 같더라고요. 글을 잘 쓰면 독자는 분명 늘어나겠죠? 배 작가님도 제 글을 구독해주셨으니까요.

## 3월 16일

작가님. 예전에 어떤 악플을 받았기에 1년 동안 글쓰기를 멈추신 거예요? 글을 쓰고 악플을 받는 것은 분명 힘든 일이지만, 글쓰기를 놓아버린 시간도 그에 못지않게 힘들지 않았나요? 저는 그럴 거 같아요. 글을 쓰지 못하는 시간. 절필의 시간. 작가님이 다시 글을 쓰게 되셔서 참 다행이에요.

작가님도 혹시 창작의 고통을 느끼시나요? 글 쓰는 사람이라면 누구라도 그렇겠죠. 백지 위에 글을 채워나가는 건 두렵고 힘든 일이잖아요. 그런데 저는 이런 창작의 고통보다 주변에서 글쓰기를 이해 못 해줄 때 더 힘들어하곤 해요. 저 역시 주변의 질책에 창작의 욕구를 해갈하지 못하고, 글쓰기를 놓아버리고 싶을 때가 있죠. 그게 주변인이라면 더 힘들고요. 창작의 고통은 그다음 문제예요.

제가 평소에 말이 많이 없다고 했었죠. 정말 그래요. 작가님에겐 어쩐지 수다쟁이가 되어버리지만, 실제로 만난다면 말 한마디 못할지도 모르죠. 중학생 때까진 그래도 꽤 외향적이고 활발했는데 사춘기를 거치면서 점점 말이 줄어들더군요. 저는 집에서도 말이 거의 없는데요. 아내와도 대화가 많은 편은 아니에요. 가끔 아내가 저에게 얘기할 때가 있어요. "네가 쓰는 글을 통해 너라는 사람을 알게 되는 게 너무 싫어."라고요. 글을 보기 전에는 제가 가진 생각과 감정을 절대 알 수 없다면서요. 평소 말 좀 하면서 제 생각을 들려달라고 하더군요.
생각을 말로 내뱉는 것과 글로 쓰는 것은 다른 일이잖아요. 저는 정제되지 않은 채 무심코 내뱉어버리는 말보다 글에서 드러나는 저를 보는 게 더 좋은걸요. 제가 가진 생각과 순간의 감정을 아내에게 모두 말해야 하는 걸까요.

누군가는 그러더군요. 글을 쓰는 사람에게 가족은 짐이 될 뿐이라고요. 아내든, 남편이든, 혹은 아이들이든. 글을 쓰는 사람에게는 가정이 있다는 게 독이 될 수 있다고요. 버지니아 울프는 글을 쓰는 여성에게는 '자기만의 방'이 있어야 한다고 했죠. 저도 그런 생각을 해요. 가끔 누구에게도 속박받지 않고, 제 글을 쓸 수 있는 시공간을 갈구하죠. 그렇다 하더라도 가족이 짐이 된다는 생각은 안 하거든요. 아내와 아이들 모두 제가 쓰는 글의 글감이 되어주곤 하니까요. 가족이 없었더라면 저는 창작의 고통에만 빠져 지냈을지도 모를 일이죠.

나이가 들어 동심을 잃어버리고는 아이들을 통해 그 마음을 배울 때가 있어요. 첫째 아이가 지금보다 어릴 때 바람에 흔들리는 나무를 보며 저에게 이렇게 말하더군요.
"아빠, 나무가 춤을 춰." 저는 아이의 표현을 듣고는 감탄했어요. 아이 눈으로는 세상이 그렇게 보일 수도 있겠구나 싶었죠. 매일 아침 유치원 버스가 아이를 데리러 오면 아이는 저에게 당부를 하곤 해요. "아빠, 버스가 안 보일 때까지 손 흔들어줘야 돼. 먼저 가면 안 돼." 아이가 저에게 부탁하는 그 마음이 어떤 마음인지 온전히 알 수 없지만, 아이의 말을 듣고는 제 마음이 몰랑몰랑해지더군요. 아이를 통해 순수한 마음을, 또 글쓰기를 배우죠. 그러니까 가족이 글쓰기에 짐이 된다고 생각하지 않아요.

배은영 작가라는 사람은 자신의 생각을 가족들에게 많이 얘기하는 편인가요? 나 앞으로 이런 글 쓸 거야, 하고 가족에게 얘기하나요? 저번에 작가님 큰아이가 글에 자기 얘기 하지 말라고 해서 허락받고 쓰신 적이 있죠? 그래서 아이의 이름 대신 J라는 이니셜을 쓴 거고요. 저도 언젠가는 가족 이야기를 책으로 쓰게 될지도 모르죠. 그때도 저는 지금처럼 가족에게 어떤 얘기를 쓸 거라고 미리 말 못할 거 같아요. 저, 아내에겐 조금 못난 사람일까요?

저는 말이 많은 사람이 아닌데, 글이 아닌 제 입을 통해 이야기 듣길 원하는 아내가 원망스럽기도 해요. 말을 하지 않고 글로 제 생각을 표현하는 것도 결국은 저일 뿐이잖아요. 억지로 말을 하다 보면 자연스레 실수가 나올 수도 있고요. 아내의 심정을 이해 못 하는 건 아니지만, 수다쟁이가 되기란 저한테는 조금 어려운 일이에요.

작가님은 제가 가정을 꾸려 두 아이를 키우면서 글을 쓰는 게 건실해 보인다고 하셨잖아요. 저는 작가님이 생각하는 것만큼 좋은 사람이 아닐지도 몰라요. 글을 쓴답시고 가족을 뒤로하는 아주 이기적인 사람일지도 모르겠네요.

대화 좀 하면서 살자는 아내의 이야기를, 참 길게도 써버렸군요.

## 3월 19일

작가님. 페이스북 친구 신청이 와서 놀랐어요. 친구 신청이 왔다는 건 제가 아주 나쁜 사람은 아니라고 생각하신 거죠? 작가님 말대로 아내에게 표현을 조금씩 늘려볼게요. 친구 신청은 제가 먼저 하려 했는데. 거절하고 내가 신청해야지, 생각하다가 별 의미 없는 행동 같아서 수락 버튼을 눌렀어요. 각종 SNS에서 서로 친구 맺고 있으니 이 정도면 랜선상에서는 엄청 친한 거 같아요. 그렇죠?

전에 제가 쓴 글 보시고 이번에 세 번째 책 작업하시는 출판사 대표님이랑 글투가 비슷해서 음성 지원된다고 하셨잖아요. 그날로 여기저기 돌아다니다가 한 출판사 대표님이 작가님에게 댓글 다신 거 봤어요. 그래서 혹시 이분인가 하고 글도 찾아봤지요. 근데 맞는 거 같아요.

글투가 비슷한지는 모르겠어요. 이런 건 제삼자가 더 정확히 볼 테니 비슷한가 보다 생각하고 있어요. 글을 쓰다 보면 그렇더라고요. 자기 글에 대한 객관적인 평가를 내리기 어려워진달까요. 내 글이 좋은 글인지, 아닌지. 내 문체가 누군가와 닮았는지, 아닌지. 보시기에 글투가 많이 비슷한가요?

작가님. 세 번째 책 출간이 얼마 안 남았네요? 축하드려요! 서울을 떠나는 삶을 권하는 책이라. 저는 대구에서 태어났지만, 서울 사람이나 다름없어서 책을 읽고 나면 어떤 생각이 들지 모르겠네요. 당장에는 용기가 없어서 작가님 책을 본다고 서울을 떠나는 삶을 살지는 못할 거예요. 그래도 책 나오면 읽고서 후기를 남길게요.

어제는 가족이랑 시흥의 아울렛에 갔어요. 서점이 있어서 잠깐 들렀지요. 작가님이 쓰신 책은 청소년 교양서적 파트에 꽂혀 있었어요. 작가님 책은 매대에 누워 있어야 마땅하다는 생각이 들었는데, 그게 좀 아쉬웠어요. 새 책이 나오면 오랫동안 누워 있기를요.

작가님은 군산에 계시니까, 서울 서점에 작가님 책이 진열된 모습을 궁금해하실 거 같아요. 새 책이 나오면 서점에 들러 매대에 누워 있는 사진 찍어 보내드릴게요!

## 3월 20일

집이 있는 서울에서 경기도 시흥까지는 차로 30분이면 가요. 막히면 한 시간 정도. 아울렛 가기 전에 시흥 갯골 생태공원이란 곳을 먼저 구경했어요. 생태공원 구경하고 점심 먹으려고 돌아다니다가 어떤 샤부샤부집에 주차된 차들이 많아서 맛집인가 보다 하고 들어가서 먹었지요.

사실 애들 키우면서 불 피우고 먹는 집은 잘 안 가려고 하거든요. 일곱 살 첫째가 지금 둘째만 할 때 우시장에 간 적이 있어요. 시장에서 고기 사서 구워 먹는데 큰애가 불판에 하이파이브한 거 있죠. 울고불고 고기 몇 점 먹지도 못하고 응급실 가서 붕대 감았잖아요. 고기 좀 먹어보겠다고 애를 울리고 말았어요.

그날 이후로는 겁나서 불 피우는 식당은 잘 안 가요. 그런데 주말에는 식욕이 앞서서 아내가 둘째 안고서 먹었어요. 다양한 버섯이 나왔는데 노루궁뎅이버섯이란 것도 나왔어요. 처음 먹어봤어요. 이름이 참 재밌죠? 노루궁뎅이버섯. 처음 접하는 음식을 먹어보는 일은 모르던 작가의 책을 읽는 것과 비슷하다는 생각이 들었어요. 호기심이 일면서 어떤 맛을 낼지 궁금하잖아요. 겉만 볼 때와는 다른 맛을 내는 음식이 있듯이, 책의 표지와 그 안의 내용은 전혀 다를 때가 있잖아요. 음식이든 책이든 직접 접해보기 전에는 알 수 없는 것 같아요.

얼마 전에 임인건이라는 피아니스트랑 김목인이라는 보컬이 〈군산추억〉이라는 곡을 발표했더라고요. 들어봤어요. 사실 임인건이나 김목인이나 그리 즐겨 듣던 뮤지션은 아니었거든요. 오로지 '군산'이라는 단어 때문에 듣게 된 곡이었어요. 노래 가사에는 해망동, 경암 철길, 월명동 같은 제가 가보지 못한 장소들이 나왔는데 작가님 글에서 몇 번 봤던 곳이라 완전 낯설지는 않았어요.

2년 전인가, 일본 소도시 구라시키에 다녀왔는데요. 사진을 본 친구가 "군산 같네."라고 했던 말이 기억에 남아요. 그때는 그런가 보다 했는데 요즘은 군산이 조금 더 궁금해졌어요. 군산은 정말 일본의 소도시 같나요? 언젠가는 가볼 수 있겠죠. 작가님이 계신 군산 말이에요.

## 3월 21일

핸드북이라고 하나요? 요즘엔 손바닥만 한 책을 사서 봐요. 각 잡고 보지 않아도 될 것 같아서 좋아요. 사실 책 볼 때 각 잡고 보진 않아요. 소파에 기대서 보거나 누워서 볼 때도 많아요. 책 보고 나면 그렇게 목이 아파요. 하하.

최근에 김승옥 작가 『무진기행』 핸드북을 사서 읽었어요. 이렇게 유명한 소설을 이제야 읽어본 거예요. 문체가 정말 독특하고 좋던데요? 감각적인 문체라는 평을 실감했어요. 저는 딱히 제 스타일이나 문체라는 게 없는 사람 같아요. 전날 한 작가의 글을 읽고 다음 날 글을 써보면 꼭 전날 읽었던 작가처럼 글을 쓰고 있는 거예요. 딱딱한 문체의 독일 문학을 읽은 다음 날은 제 글도 엄청 딱딱해지는 거 있죠. 이게 장점인지 단점인지 모르겠어요. 그런데 김승옥 작가 글은 도저히 흉내 낼 수 없겠더라고요. 얌체공 아시죠? 김승옥 작가 문체는 얌체공같이 어디로 튈지 모르겠더라고요.

저는 사실 「무진기행」보다 「차나 한 잔」이 더 좋았어요. 「차나 한 잔」의 주인공은 신문에 만화를 연재하는 사람인데요. 어느 날 만화 인기가 떨어져서 지면을 잃게 되는 내용이에요. 어떻게 보면 '말'의 애매모호성을 비판한 소설이기도 했어요. 신문사 문화부장이 이 만화가에게 "오늘 치 만화 좀……." 하고 얘기하거든요. 화자는 '좀'이라는 부사 때문에 주인공이 지면을 잃을지, 아닌지 헷갈린다고 말해요. 듣는 사람 환장하게 만든다고요. "다음에 좀 봅시다.", "차나 한 잔 합시다."처럼 에둘러 표현하는 말에 대한 비판이요. 화자는 이런 말투를 '도회의 어법'이라고 썼어요. 사람들이 인사치레로 말하는 "밥 한번 먹읍시다." 역시 비슷한 표현이겠죠? 작가님은 "밥 한번 먹자."라는 말을 안 쓰고 꼭 식사 약속을 잡는다고 글 쓰신 적이 있잖아요. 저도 이제 그래볼까 싶어요. 저 역시 김승옥이 말하는 도회의 어법을 쓰곤 하거든요.

「차나 한 잔」 주인공은 해고당할 거라는 불안과 긴장으로 배앓이를 하다가 결국 버스에서 똥도 좀 지려요. 이 부분이 되게 웃기면서도 서글프던데요? 언젠가 성인남녀 앙케트를 본 적이 있는데요. 성별 불문하고 성인이 돼서 바지에 똥 지린 경험 있는 사람이 50%래요. 확률상 저 아니면 작가님이 그랬다는 거잖아요. 김승옥이라는 대문호의 이야기를 하면서 결말이 좀 지저분한 거 같네요. 암튼 그랬어요.

## 3월 22일

작가님은 어린 나이에 결혼하셨네요. 저는 서른 되던 해 결혼했어요. 친구들에게 결혼 소식을 알릴 때 많이들 놀라더군요. 다들 이화경이라는 사람은 자유로운 영혼이라고 생각했대요. 결혼을 아예 안 하거나 느지막이 할 줄 알았대요. 물론 사고쳐서 결혼한 건 아니고요.

저는 아내를 직장인 밴드 하면서 만났어요. 우리 두 사람 모두 노래를 불렀죠. 공연도 자주 했는데요. 노래하는 사람은 마이크 욕심이 있잖아요. 어느 공연 날엔 저랑 아내가 함께 노래하는 시간이 있었는데, 마이크 한 대 상태가 안 좋은 거예요. 저는 좋은 마이크를 아내에게 양보했어요. 그 순간 내가 이 사람을 좋아하는 게 아닐까 싶었죠.

재밌는 얘기 하나 해드릴까요? 저랑 아내는 생년월일이 같아요. 그러니까 같은 날 태어났어요. 태어난 시간도 거의 비슷해요. 처음 만난 날 서로 민증을 보여주면서 놀라기도 했었죠. 여섯 자리의 같은 숫자를 보면서 머릿속에 '운명'이라는 단어가 스쳐 지나간 거죠. 가끔 등본 같은 서류 뗄 일이 있으면 직원도 신기해하고요.

저는 어릴 때 음악을 하고 싶었거든요. 음악으로 저를 표현하고 싶다는 꿈이 있었어요. 오랫동안 놓지 않고 살아왔던 꿈이요. 그런데 부여받은 재능이 조금 어설펐나 봐요. 노력이 부족했던 거일 수도 있겠죠. 나이 들어 점차 꿈이 퇴색되어갈 때 직장인 밴드에서 활동했고, 그러면서 지금의 아내를 만난 거예요. 음악 관련 일을 계속하고 싶다는 생각이 있었어요. 어떤 일이든지요. 지금은 그게 글쓰기가 됐고요.

사람들에게 취미를 물어보면 대부분 '음악 감상'이라고 하던데, 음악 에세이 시장은 좁다고 해요. 조금 아이러니하다고 생각했어요. 그래도 열심히 글 쓰고 출판사에 던져봐야죠. 시장이 좁다는 건 다른 말로 하면 블루오션이라는 거잖아요.

깊은 바다에서 무엇을 건져 올릴 수 있을지는 누구도 모르는 일이니까요.

3월
23일

저에게 작가를 꿈꾼 계기를 물으셨잖아요. 물음을 보고는 마음이 조금 아렸어요. 질문의 답을 생각해보니 그 끝에서는 부끄러운 기억이 떠올랐거든요. 초등학교 3학년 때였나. 학교 숙제로 동시를 쓰는 시간이 있었어요. 그때는 너무 어려서 시가 뭔지, 동시가 뭔지 모르던 때니까요. 그저 학교 숙제를 때워야 한다는 생각으로 집에 있는 동시 모음집에서 아무 시나 베껴 썼거든요. 그때가 가을이라 가을에 관한 시를 베껴 썼어요. 글자 하나 안 고치고 그대로요.

다음 날 선생님이 숙제 검사를 하시면서 정말 제가 쓴 글인지를 물었어요. 아니라고 대답 못했거든요. 혼날까 봐 태연히도 거짓말을 해버렸어요. 선생님은 저를 추궁하면서 의심과 기대를 함께 품은 듯했어요. 그때부터 저는 선생님이 보는 일기장에 글 쓰는 사람이 되고 싶다고 써야만 했어요. 시를 쓰고 싶고, 시인이 되고 싶다고. 거짓말이 들키는 게 싫었고, 선생님의 기대감을 허무는 게 싫었나 봐요.

그렇게 일기장에 글 쓰는 사람이 되고 싶다고 썼더니 나중에는 정말 글을 써보고 싶다는 생각이 들더군요. 참 우습죠? 이린 나이에 타인의 글을 훔치면서, 그 거짓말을 들키지 않기 위해서 일기장에 썼던 거짓 소망이 진짜 소망이 되었다는 게. 어릴 때 그릇된 행동에서 피어난 거짓 꿈이 먼 훗날의 현실 꿈이 되어버렸다는 게.

세 살 버릇 여든까지 간다지만 지금 저는 다른 사람의 글을 훔치지 않아요. 다만, 어릴 적 선생님에게 아무렇지 않게 내뱉었던 그 거짓말이 가슴 한편에 여전히 남아 있어요. 그렇게 세월이 흘러 글을 잘 써보고 싶다는 생각은 생겼지만, 책을 낼 생각은 없었거든요. 그저 글을 잘 써보고 싶다는 생각뿐이었죠.

책을 쓰고 싶다는 꿈이 생긴 건 불과 얼마 전이에요. 알고 지내던 한 분께서 제 글을 보시고는 책을 써보라는 권유를 해주신 거예요. 사실 그전까지 저는 꿈이 없었거든요. 제가 말씀드렸었죠? 어릴 때는 음악을 하고 싶었다고. 뮤지션을 꿈꾸던 저는 그저 아무 생각 없이 회사 생활을 하면서 월급 받고 살아가는 평범한 사람이 되어버렸죠. 그렇게 한동안 꿈 없이 사니까 세상이 참 무료했어요. 분명 숨 쉬고 살아가지만, 저는 죽어있는 사람과 다를 바 없었죠. 꿈이 없는 사람은 참 슬퍼요. 꿈이 없는 사람. 작가님은 상상이 되실까요?

그런데 책을 써보라는 권유에 순간 가슴이 일렁이더군요. 꿈을 잃고 지낸 제 마음은 잔잔한 호수와 같았는데요. 그 무엇에도 흥미를 느끼지 못한 제 마음에 책이라는 무거운 돌덩이가 떨어진 거예요.

작가님. 저는 제 마음속에 자리 잡은 이 책이라는 거대한 돌덩이를 치워버릴 자신이 없어요. 이 돌덩이는 제 마음속 깊숙이 내려앉아 꾸준히도 파문을 만들어내더군요. 꿈이라는 건 이렇게 문득 누군가 건넨 말 한마디에 피어오를 수도 있나 봐요.

작가님. 저는 이제 정말 글 쓰는 사람이 되고 싶어요. 제 글을 모아 책을 내고 싶다는 꿈이 생겼어요. 거짓 없이 제 이야기를 쓰는 사람이요. 그러니까 작가 말이에요.

철없던 유년에 써두었던 거짓 꿈을 이젠 진짜로 바꾸고 싶어요.

## 3월 26일

며칠 전에 썼던 글은 제가 좀 감상적이었죠? 다시 읽어보니 부끄럽네요. 이게 다 작가님 때문이에요. 왠지 작가님 앞에서는 제 부끄러운 과거도 다 털어버리게 되네요.

작가님, 어제는 『섬에 있는 서점』을 읽으셨다고요? 저는 주말에 책장에 있던 오래된 책을 꺼내 읽었어요. 김훈 『현의 노래』요. 제가 가지고 있는 『현의 노래』는 2005년에 나온 17쇄예요. 10년 넘어서 다시 꺼내 읽은 거예요. 내용이 기억 안 나서 다시 읽고 싶더라고요. 그사이 초판을 냈던 출판사는 사라진 거 같아요. 이렇게 좋은 책을 냈던 출판사도 사라지는구나 싶은 생각이 드니까 좀 슬프던데요?
저는 김훈 작가 책은 『칼의 노래』도 아직 못 봤어요. 물론 그 유명한 도입부는 알고 있어요. '버려진 섬마다 꽃이 피었다.' 하는 도입부요. 『현의 노래』를 본 건 칼보다는 음악이 좋아서였어요. 김훈 작가 문체의 특징이 간결하고 주술 호응이 훌륭하다고 하잖아요. 요즘 글 쓰면서 주술 호응에 대해 고민하고 있거든요. 김훈 작가 글 읽어보면 정말 그래요. 주어가 딱딱 나오고 서술어가 딱딱 나오는 게, 마치 기계 같아요.
"주어는 없습니다." 하는 문장이 몇 년 전에 유행했잖아요. 소송 방지를 위한 문장이었나? 그랬던 거 같아요. 김훈 작가 글에선 해당하지 않는 문장 같아요.

아, 그런데 저 정말 바보 같아요. 『현의 노래』 내용이 생각 안 나서 다시 읽은 건데, 주요 인물로 이사부가 나오거든요. 저는 이사부가 이 씨인 줄 알았어요. 이사부 김 씨래요. 국사 공부 좀 해야겠어요. 작가님은 알고 계셨어요?

예전에 『현의 노래』를 본 건, 아는 형이 추천해주어서였어요. 이동수라는 형인데요. 저보다 열 살이 많은, 다운타운 DJ출신 형이에요. 만나면 주로 음악 얘기를 하지만, 가끔 책 이야기도 나누거든요. 생각해보면 저에게 책을 추천해준 사람은 많지 않은 거 같아요.

얼마 전 뉴스를 봤는데 생일 때 가장 받기 싫은 선물 중 하나가 책이라더군요. 조금 놀랐어요. 책 선물. 뭐, 괜찮지 않나요?

작가님. 가끔 좋은 책을 만나면 저에게 추천해주시겠어요?
일단 『섬에 있는 서점』을 읽어볼게요!

## 3월 27일

으아! 작가님. 개불알꽃이란 이름의 꽃이 정말 있나요? 작가님 글에서 처음 본 이름이에요. 꽃 이름 잘 아는 사람 보면 부러워요. 저는 그러질 못하거든요.

작년인가, 큰애 유치원에서 아빠들하고만 여행 간 적이 있어요. 남이섬에 갔는데 해바라기같이 생긴 꽃이 보이기에 아이한테 아무 생각 없이 "해바라기다." 했더니, 유치원 선생님이 "아버님, 그거 해바라기 아니에요." 하시는 거예요. 선생님 너무했어요. 아이 앞에서 무안을 주시다니. 나중에 인터넷에 '해바라기같이 생긴 꽃'을 검색해봤죠. 그때 본 꽃 이름은 '루드베키아'였나. 그랬던 거 같아요. 이름이 너무 어려워요.

저는 진달래랑 철쭉도 구분 못해요. 아마 평생 이 둘을 구분하긴 어려울 것 같아요. 서울 촌놈이라 그런가 봐요. 마스다 미리라는 일본 만화가 겸 에세이스트 있잖아요. 마스다 미리의 『평범한 나의 느긋한 작가생활』이라는 만화를 봤는데 픽션과 논픽션을 구분하기 너무 어렵다는 내용이 있어요. 이런 유명 작가도 헷갈리는 단어가 있는데 진달래와 철쭉을 구분 못하는 일이 큰 흠은 아니겠죠?

작가님 새 책. 오늘 인쇄를 마쳤다니, 곧 서점에서 볼 수 있겠네요. 제목은 '서울을 떠나는 삶을 권하다'로 정해진 거군요. 저 같은 서울 촌놈이 읽으면 분명 재미있겠죠? 서점에 풀리자마자 주문할 거예요.

## 3월 28일

작가님. 어제 제가 작가님에게 쓴 글을 다시 읽어봤어요. 꽃 이름을 틀리게 말했는데 유치원 선생님이 무안을 주었다는 얘기요. 큰애가 일곱 살이니까 내년 이맘쯤이면 학교에 들어가요. 작가님 아이들은 열 살 터울이잖아요. 큰애가 대학생이고, 둘째는 초등학교 3학년이라고 하셨나요? 작가님은 아이들을 어떻게 가르쳤어요?

내년이면 학부모가 되는데 무얼 어떻게 가르쳐야 할지 도통 모르겠어요. 아, 그런데 아이들한테 꼭 가르쳐주고 싶은 게 하나 있어요. 패밀리 레스토랑 이용법이요. 요즘은 줄어드는 추세라지만 아직 패밀리 레스토랑이 많이 있잖아요. 저는 불행하게도 어릴 때 패밀리 레스토랑을 어떻게 이용하는지 몰랐거든요.

스무 살에 만난 첫사랑 아이와 이별이 다가왔다고 느낄 때쯤 근사한 식사라도 하고 싶었어요. 그때 처음으로 패밀리 레스토랑을 갔거든요. 직원은 그 흔한 "저희 매장 처음 오셨나요?" 하는 친절함도 베풀지 않더군요. 대부분의 패밀리 레스토랑이 그렇듯이 그곳에는 샐러드 바가 있었는데요. 보통 요리를 시키면 샐러드 바를 무료로 이용할 수 있잖아요. 그런데 그때는 그걸 몰랐던 거예요. 처음 가본 거니까요.

첫사랑과 둘이서 메인 요리를 시켜놓고는, 샐러드 바를 이용하면 좋았을 거예요. 저는 그저 메인 요리만 나오길 기다리고 있었어요. 멍하니 앉아서 어색하고 어두운 기운만 풀풀 풍기면서요. 건너편 아이 앞에 놓여져 있던 물컵만 바라보면서요.

"스테이크는 어떻게 해드릴까요?"라는 직원 질문에도 무어라고 대답했는지 기억이 안 나요. 레어가 다 뭐람, 미디움이 다 뭐람. 저는 고기의 굽기가 다르다는 걸 그때는 몰랐어요. 음식이 나오는 데는 왜 그렇게 오래 걸리던지.

패밀리 레스토랑의 이용법을 알았더라면, 그랬더라면 끝나가는 첫사랑을 어떻게 붙잡아볼 수도 있었을 텐데. 그날의 무거웠던 공기가 잊히지 않아요. 음식이 나오기 전에 접시에 샐러드를 담고 함께 나누어 먹었다면, 제 첫사랑의 유효기간은 조금은 더 길어지지 않았을까요?

살면서 제일 어색했던 시간이었다니까요. 그런 어색한 시간을 대물림해주고 싶진 않아서요. 나중에 아이들이 조금 더 크면 꼭 패밀리 레스토랑 이용법을 알려주려고요. 꽃 이름은 못 알려줘도 이런 건 알려줄 수 있으니까요.

아, 지금의 아내와도 연애하기 전에 패밀리 레스토랑을 간 적이 있어요. 그때는 둘이서 음료수만 시켜 먹었답니다. 그 자리에서 많은 이야기 나누며 서로 호감을 느낀 거 같아요. 패밀리 레스토랑에서 음료수만 시켜도 괜찮다는 걸 그때는 알았죠. 지금 알고 있는 걸 예전에도 알았더라면 참 좋았을 거예요.

3월
30일

작가님. 요즘 둘째아이가 포켓몬 카드에 빠져 있군요. 저희 큰 애도 카드에 관심을 갖기 시작했어요. 아이들이 커가면서 좋아하는 것이 변하는 걸 보는 게 재밌어요. 아주 어릴 때는 자동차를 좋아하다가 조금 더 크면서 공룡을 좋아하다가 또 시간이 지나면서 로봇으로 넘어가는 모습이요.

저는 어릴 때 장난감 많이 안 갖고 놀았어요. 예전에는 다들 없이 살았잖아요. 저 일곱 살 때는 허름한 골목길 안쪽에 있는 집에 살았는데요. 몇 채의 집이 따닥따닥 붙어 있는 곳이었죠. 당연히 대문이 있어야 할 입구 자리에 대문이 없었거든요. 그래서 사람들은 우리 집을 '대문 없는 집'이라고 불렀어요.

좁은 골목 동네니까 놀이터 같은 것도 물론 없었죠. 대신 골목 초입 길에 박스 공장이 있었는데요. 그 박스를 미끄럼 타면서 놀곤 했어요. 박스 공장에 불이 나던 날은 조금 울었던 거 같아요.

가난한 동네라고 해서 나쁘기만 한 건 아니었어요. 어느 날부터 매주 한 아지씨가 트럭에 장난감을 싣고 와서 아이들한테 나눠주더라고요. 장난감이 성치는 않았어요. 어딘가 하나씩은 모자라거나 과했어요. 팔이 없는 로봇이라거나, 눈동자 도색이 잘못된 인형, 종이돈이 빠져 있는 부루마블 같은 거요. 아마도 공장에서 나온 불량품들을 가난한 아이들한테 나눠주었던 거 같아요.

어릴 때 그 아저씨를 쫓아다니며 장난감을 구했고, 그걸 가지고 논 거예요. 그 아저씨는 마치 피리 부는 사나이 같았죠. 동네 아이들에게는 슈퍼스타와 같은 존재였어요. 공짜로 얻은 불량인 장난감이었지만, 그때는 그게 참 소중했어요.

얼마 전 대문 없는 집이 있던 동네를 지나쳤는데, 고층 아파트가 들어섰더라고요. 어릴 때 살던 골목길은 이제 찾아볼 수 없더군요. 그때 그 피리 부는 사나이는 이제 완연한 노인이 되었겠죠?

## 4월 5일

군산에는 봄꽃 많이 폈나요? 몇 년 전부터 봄만 되면, 벚꽃만 피면 버스커버스커의 〈벚꽃 엔딩〉이 차트에 등장하잖아요. 저는 벚꽃이 필 때쯤이면 정태춘이 부른 〈섬진강 박 시인〉을 들어요. 제목 속 박 시인은 박남준 시인이래요. 저 이 곡을 소재로 음악 에세이를 쓰기도 했거든요. 〈섬진강 박 시인〉은 박남준 시인의 「봄날은 갔네」라는 시에서 가사를 일부 차용한 곡이에요. 〈섬진강 박 시인〉 가사 중에 '봄은 오고 지랄이야, 꽃 비는 오고 지랄'이라는 구절이 나오는데요. 정태춘 입에서 나오는 지랄이 그렇게 찰질 수가 없어요.
저는 사실 벚꽃보다 목련이 좋아요. 새하얗잖아요. 그 깨끗함이 좋더라고요. 김광석이 부른 〈그녀가 처음 울던 날〉에 '그녀의 웃는 모습은 활짝 핀 목련 꽃 같애' 하는 구절이 가슴에 남아서 그래요. 누군가 환하게 웃는 모습을 보면 정말 목련이 떠오르거든요. 꽃 이름을 잘 아는 사람은 아니지만, 벚꽃이랑 목련 정도는 구분할 수 있답니다.

작가님의 웃는 모습을 실제로 보게 된다면 목련이 떠오를지도 모르겠네요.
작가님 책은 내일 올 것 같아요. 작가님 책을 기다리고 있어요.

4월
6일

작가님, 책 왔어요! 책이 아담하니 예쁜데요? 목차만 읽어봤어요. 아직 서문도 읽어보질 않았어요. 퇴근하고 집에 가서 읽어봐야죠. 저는 책 읽을 때 서문은 안 읽고 본문만 읽은 적도 많거든요. 작가님 책은 서문부터 꼼꼼하게 읽어볼게요.

서울은 봄비가 와요. 봄꽃 피자마자 다 지게 생겼어요.
작가님의 출간을 축하하는 비라고 생각하기로 했어요.

4월
9일

작가님 책, 주말에 다 읽었어요. 저 책 읽는 속도 되게 느린데 술술 읽혔어요. 작가님이 운전하는 차를 같이 타고 시골길에 내려가는 기분이 들었어요. 그래선지 마치 여행기 같은 느낌이 들기도 했고요. 글 풀어나가는 방식이 참 좋았어요.

이 책이 어떻게 보면 인터뷰집이잖아요. 서울 살다가 시골로 내려간 사람들의 이야기요. 보통 인터뷰라고 하면 질문과 답이 오가는 딱딱한 형식을 떠올릴 수 있을 텐데, 정말 흥미롭게 읽혔어요.

저는 어릴 때 조용한 시골 풍경을 동경한다고 생각했거든요. 막상 여행을 다녀보니 휴양지보다 관광지가 좋더라고요. 도시 남자가 되어버렸어요. 작가님 책을 보면서 여러 사람의 용기 있는 선택과 진행 과정을 엿볼 수 있어서 좋았어요.

책 보면서 오탈자도 하나 본 거 같아요. 2쇄 들어가면 고쳐지겠죠? 아, 그리고 주말에 작가님 책 매대에 누워 있는 거 사진 찍으러 서점에 갔거든요. 작가님 책은 인문 신간 매대에 누워 있었어요. 사진 찍으려는데 어떤 아주머니가 매대 앞에서 책을 읽고 계신 거예요. 한참을요. 거기다 대고 제가 사진을 좀 찍으려고 하니 비켜주시지 않겠습니까? 할 순 없잖아요. 그래서 다른 매대 구경하다가 아주머니 자리 옮기시는 거 보고 사진 찍었지요.

저의 수고로움을 생색내는 거예요. 생색 좀 내도 괜찮겠죠? 책이 아담해서 그런지 똑바로 누워 있지 않고 90도 틀어서 누워 있던데요? 서울 살다가 방향을 비틀어 귀촌한 사람들을 표현한 진열일까요? 서점 MD들도 분명 진열에 대한 고민이 있겠죠?

4월
11일

'그 사람이 좋아지면 부르는 호칭이 달라집니다.'라는 작가님 글에 완전 동의해요.

작가님. 작가님. 작가님. 작가님. 누나! 아, 물론 저는 당장 누나라고 부르진 않겠어요. 그래도 언젠가는 누나라고 부를 날이 올지도 모르겠죠?

작가님 책에서 남편분? 남편분이라고 하면 될까요? 아무튼 남편분을 '강동지'라고 부르시잖아요. 강동지라는 이름을 보니까 저의 옛날 일도 떠올랐어요. 어릴 때 장거리 연애를 한 번 했는데요. 그 친구가 자신이 좋아하고 즐겨 부르던 음악을 CD에 담아준 적이 있거든요. 거기엔 꽃다지가 부른 〈전화카드 한 장〉이 있었어요. 노래 가사 중에 '동지'라는 단어가 나와요. 그 전에는 '동지'라는 단어를 접할 일이 많이 없었거든요.
그 친구는 운동권 학생이었어요. 처음엔 운동한다는 말에 '헬스를 하나?' 싶었죠. 그 친구는 경주에서 대학을 다녔고, 저는 서울에서 일할 때였어요. 나중에는 수배를 당할지도 모른다고 하더군요. 다행히 수배되는 일은 없었지만, 장거리 연애라는 게 쉽지 않더라고요. 만날 시간 없이 전화통화로만 지내다가 얼마 못 가 헤어졌어요. 참 아이러니하죠? 그 친구가 저에게 담아준 음악은 〈전화카드 한 장〉이었는데. 전화로는 다 전할 수 없는, 그런 이야기들이 있었던 거겠죠?

작가님 책 보면서 강동지님은 직업이 뭘까 궁금했어요. 사람 만나는 게 일이라고 하셨을 때는 영업직인가 생각했어요. 나중에는 연구원 같은 직업일까 생각했죠. 정치하신다는 걸 알고서는 조금 놀랐어요. 아, 연구하는 직업은 맞겠네요. 정책 같은 걸 연구해야 할 테니까요. 사실 저는 정치하는 사람들이 조금 무섭거든요. 모든 사람들이 그런 건 아니겠지만, 정치하는 사람들은 권력을 이용해서 비리도 많이 저지르잖아요. 물론 강동지님은 그렇지 않을 거라 생각해요!
이번에 선거에 나가신다니 잘되시면 좋겠네요. 6월 지방선거에 앞서 당 내 후보 선출 선거에 나가시는 거죠? 당에서 후보가 되면, 그 후에는 또 다른 당 사람들과 경쟁을 하는 거네요. 몇 단계 허들을 넘어야 한다는 점에서 책을 내는 일과 비슷하다는 생각이 들었어요. 책을 낼 때도 수많은 허들을 뛰어넘어야 하잖아요.

아, 제가 군산 가는 열차가 호남선이었는지 궁금해한 적이 있잖아요. 서울에서 군산까지 가는 직통열차는 없고 환승을 해서 새마을, 무궁화를 타야 한다고 하셨고요. 저는 군산 사람은 아니지만 강동지님의 선거 공약을 찾아봤거든요. '군산역 KTX 열차 운행' 공약이 눈에 띄던걸요. 군산은 요즘 관광객이 많으니까 좋은 공약이라는 생각이 들었어요.

음. 작가님. 제가 생각을 좀 해봤는데요. 선거 기간에는 작가님께 글 안 쓸래요. 저는 요즘 투고하면서 계속 떨어지니까. 작가님에게 저의 부정적인 기운을 남기고 싶지 않아요. 미신 같은 걸 믿는 건 아닌데 그러고 싶어요. 선거가 끝나면 다시 올게요. 물론 작가님이 쓰시는 글은 계속 읽을 거예요.

서울은 어제부터 바람이 많이 불어요. 작가님, 날아가지 않게 중심 잘 잡으시길 바랄게요. 군산에도 강풍이 불길 바랍니다.

강풍. 중의법이에요. 아시죠?

## 4월
## 12일

작가님. 선거 기간엔 글 안 쓰기로 해놓고 하루 만에 다시 쓰네요. 작가님이 선거운동하시면서 명함을 나눠주실 때 욕을 들었다는 얘기를 보고는 속상했어요. 저도 길 가다가 아주머니들이 전단지를 나눠주실 때 그냥 지나치기도 하거든요. 물론 욕은 안 해요.

선거운동이라는 게 하다 보면 마음의 상처를 받을 일이 많을 것 같아요. 저는 그 흔한 반장 선거 한 번 못 나가봐서 어떤 기분인지 온전히 이해하긴 어렵지만요. 그래도 결과가 좋다면 괜찮겠죠? 멀리서나마 응원하겠습니다. 상처받을 일이 생기더라도 너무 괘념치 마세요. 스트레스는 만병의 근원이라잖아요.

4월
27일

'시간이 약이다.'라는 말만큼 무책임한 말도 없는 거 같지만, 그 말만큼 정답인 말도 없는 거 같아요. 실의에 빠져 있는 동안은 가끔 찌질해도 괜찮겠죠. 시간이 지나면 또 괜찮아질 테니까요. 선거에 떨어졌더라도 강동지님은 아직 젊으시잖아요. 털고 일어나시길.

에바 캐시디의 〈Time Is a Healer〉를 들으면 기분이 조금 나아지실지 모르겠네요. 사실 이별 노래예요. 시간이 지나면 괜찮아질 거라는 곡이요. 저는 이 곡 제목이 좋아서 가끔 들어요.

저 스스로 위로가 필요할 때도 가끔 찾아 듣는 곡이에요. 시간이 지나도 해결되지 않는 아픔이 있기는 하겠죠. 시간이 모든 걸 해결해주지는 않지만, 분명 많은 걸 시간 속에 같이 흘려보낼 수는 있을 거 같아요.

작가님. 힘내세요.

2부
기대하지 않는 삶

## 5월 11일

선거 끝나고 파마머리는 푸셨나요? 선거 끝났으니 다시 젊어질 시간 아닌가요? 파마머리보다 자연스러운 헤어스타일이 보기에는 더 좋은 거 같아요. 파마머리가 엄청 나이 들어 보이거나 그런 건 아니에요.
저는 곱슬이 되게 심하거든요. 처음 보는 사람들은 파마한 머리냐고 물어볼 정도예요. 어느 정도냐면요. 고등학생 때 유독 장난 심하게 치는 애가 있잖아요. 제일 뒤 책상에 앉아서 아이들 괴롭히는 애. 어느 날 걔가 비비탄 총을 뒤에서 막 쏘았는데요. 그 비비탄이 벽에 맞고 튕겨서는 제 머리에 꽂힌 거예요. 상상하면 웃기죠? 미소 지으셨어요? 제 글을 보고 작가님이 웃을 수 있다면 좋겠어요.

저는 요즘 계속 원고 보강해서 투고하고 있어요. 처음 투고했을 때는 40꼭지였던 글이 지금은 70꼭지. 갈수록 원고가 나름 책다워지는 거 같긴 해요. 처음 투고했다가 답변 없던 출판사에는 재투고하기도 해요. 재투고에는 답변을 주는 데도 있고, 여전히 답이 없는 출판사도 있어요. 아무래도 올 한 해 글 쓰고 투고하는 게 숙원 사업이 될 거 같아요. 물론 최종 목표는 출간이고요.

## 5월 14일

사무실 근처에 증권사 사옥이 있는데 얼마 전에 리모델링을 했어요. 리모델링하면서 1층에 서점이 입점했고요. 오늘 점심 먹고 처음 가봤어요. 이제 점심 먹고 심심하면 가서 책을 볼 수 있겠어요. 책을 구경하는 사람은 많이 없었지만요.

도서 검색 컴퓨터로 작가님 이름을 쳐보니 처음 쓰신 책만 들어와 있네요. 아직 책을 다 정리한 건 아니고 박스 풀고 있더라고요. 다른 책들도 들어오겠죠? 서점 임대수익이 다른 사업에 비해 현저히 낮을 텐데, 책방이 생기니 좋네요. 증권사의 선택에 박수를!

좋은 일이에요. 출판사에도, 책을 읽는 사람에게도. 그리고 글을 쓰는 사람에게도.

## 5월 16일

작가님. 저는 살면서 기대라는 걸 안 하고 살려고 해요. 모든 실망은 기대를 가지면서 생기는 법이잖아요. 기대가 없으면 실망도 없다는 걸, 살다 보니 깨달았어요. 그래서 지금은 이렇게 생각하는 게 편해요. 기대하지 않는 삶이요.

제가 사는 아파트는 일주일에 한 번 분리수거를 내놓을 수 있어요. 수요일이요. 한 번 안 하면 집에 쓰레기가 쌓이니까 꼭 하려고 하죠. 분리수거는 주로 제가 수요일 저녁에 하는데, 가끔 아내가 미리 해주는 날은 기대하지 않았던 운 좋은 날이에요.

투고하고 답장 메일이 와도 저는 기대하지 않고 열어봅니다. 어제 한 출판사에서 투고 답변 메일이 왔어요. 꽤 오래된 출판사인데 대표님이 직접 메일을 보내주셨어요. 오래된 출판사는 보통 편집부의 편집자가 메일을 주던데 신기하게도 대표님이 직접 메일을 주셨어요.

안녕하세요. 어느 출판사 대표 누구누구입니다. 보내주신 원고 잘 받았습니다. 하는 여느 답변 메일과 같은 내용이었는데, 한 줄이 추가돼 있었어요.

"글이 참 좋네요."라는 짧은 문장이요.

저는 '참'이라는 단어에 방점을 찍어 읽었어요. '참'이라는 단어가 빛나 보였어요. 보통의 원고 접수 메일이나 그저 그런 립서비스였다면 '참'이라는 단어는 안 썼을 거 같아요. 국어사전에 '참'은 사실이나 이치에 조금도 어긋남이 없는 것이라고 되어 있어요. 제 글이 출판사 대표님에게 조금의 어긋남도 없이 좋았던 걸까요? '참'이라는 단어가 이렇게 아름다운지 몰랐어요.

작가님은 투고하시고 수신 확인 21분 만에 답변 메일을 받으셨다죠. 저는 38분 만에 받은 답변 메일이에요. 38분이면 제가 쓴 원고를 최소 열 꼭지 정도는 읽어보시고 보내신 메일이겠죠? 작가님은 수요일에 답변 메일을 받고 금요일에 채택 연락을 받으셨다죠. 저는 어제 화요일에 답변 메일을 받았어요. 원고 채택이든 아니든 이번 주에 결정이 나면 좋겠어요.

저는 아무런 기대도 하지 않고 있습니다. 다만 저도 몰래 가슴이 자꾸 두근거려요. 그 두근거림을 멈추고 싶어서 작가님께 글 적어요. 작가님께 글 쓰고 나면 마음이 조금 편해질 거 같아서요.

작가님…

"저는 아무런 기대도 하지 않고 있습니다."라는 말은 어쩔 수 없이 거짓말인 거 같아요.

작가님. 저는 아주 조금 기대하고 있습니다. 아주 조금요.

5월
17일

두 번째 책을 상상해보지 않은 건 아니에요. 일단 첫 번째 책이 나와야 두 번째 책 작업도 가능하겠지만요. 저는 에세이 쓸 때 담백하게 글을 쓰려고 노력해요. 담담하게 써서 여운을 남길 수 있는 글이 에세이의 미덕 같아서요. 가끔 감정 조절이 어려울 정도로 우울한 기분을 갖고 글 쓸 때도 있지만, 그래도 될 수 있으면 담백하게 쓰려고 해요. 그렇게 음악 에세이를 쓰고 사람들이 제가 쓴 글을 읽고서 음악을 찾아 들으면 너무 고마워요. 작가님이 그러셨잖아요.

제 글을 좋아해주는 형이 하나 있어요. 그 형은 저를 감성 대마왕이라고 불러요. 저는 그 별명이 되게 맘에 들어요. 감성 대마왕. 그래서 두 번째 책은 아주 감정적이고 사람 마음 헤집는 글을 써보고 싶어요. 저나 작가님은 실제 일어났던 일을 정리하고 기록하는 글을 주로 쓰잖아요. 저는 두 번째 책으로 에세이가 아닌 소설을 써보고 싶어요. 허구의 이야기를 마음껏 써보고 싶은 소망이 있거든요. 거기에도 음악이 빠지진 않을 테고, 자전적인 소설이 되긴 하겠지만요.

최근에 나온 『우리는 모두 어른이 될 수 없었다』라는 일본 소설을 재미있게 읽었어요. 작가의 자전적 연애 회상 소설이에요. 한 남자가 유부녀가 된 첫사랑 페이스북에 실수로 친구 신청을 하면서 일어나는 일들이에요. 현실과 과거 회상이 번갈아 나오는데 좋더라고요. 이런 책 써보고 싶어요. 아, 근데 저는 유부녀가 된 첫사랑과 이미 페이스북 친구이긴 해요. 『우리는 모두 어른이 될 수 없었다』 책 속 상황은 저에게 일어나진 않겠네요.

『우리는 모두 어른이 될 수 없었다』를 낸 출판사는 밝은세상이에요. 익숙하시죠? 기욤 뮈소 책을 주로 내는 곳이요. 저 한때 기욤 뮈소 책에 푹 빠져 살던 때가 있었거든요. 국내에서 기욤 뮈소의 책이 영화로 만들어지기도 했잖아요. 저도 나중에 책이 나온다면, 그 책이 영화로 만들어진다면 그때는 또 새로운 기쁨이 되겠죠?

작가님, 네 번째 책 구상은 하셨나요? 전에 로맨스 소설 써보고 싶다고 하셨잖아요? 저도 작가님의 로맨스 소설을 보고 싶어요. 언젠가는 볼 수도 있겠죠? 그리고 작가님이랑 저랑 체급이 비슷해지면 대꾸 에세이도 꼭 써보고 싶어요.

전에 농담처럼 저한테 얘기하셨잖아요. 서로 댓글 주고받다가 나중에 대꾸 에세이를 써보는 것도 좋겠다고요. 제가 작가님이랑 같이 책을 쓰게 된다면 정말 영광일 거예요. 재미도 있을 것 같고요.
한 가지 소재로 서로 다른 경험과 의견이 나올 수 있는 게 재밌겠더라고요. 이런 게 대꾸 에세이의 매력이겠죠?

그러니까 음, 기다려주세요. 제 이름의 책이 나오면, 그때도 작가님이 제 글을 좋아해주신다면 꼭 대꾸 에세이를 함께 써보고 싶어요.

일단 저는 작가님이 먼저 가신 길을 열심히 따라가 볼게요!

## 5월 21일

전주 식물원에서 찍은 사진 보기 좋아요. 파마머리는 이제 푸신 건가요? 저절로 풀린 건가요? 맑은 하늘만큼이나 미소도 아름다워서 덩달아 기분 좋아지는 사진이에요.

주말 앞두고 저번에 말씀드린 서점에서 김중혁 작가 책을 들고 왔어요. 증권사 사옥에 새로 생겼다는 서점이요. 김중혁 작가도 음악 에세이를 썼더라고요. 제목은 『모든 게 노래』. 제가 쓰는 원고랑 유사 도서를 찾다가 들고 온 거예요.
제 글이랑 소재가 겹치는 것도 있었어요. 아직 다 읽지는 않았지만요. 김중혁 작가는 챕터를 사계절로 나누어서 썼는데 봄편만 읽었어요. 거기에 김연수 작가와 쓴 대꾸 에세이 『대책 없이 해피엔딩』 이야기도 나오더라고요. 작가님이 대꾸 에세이로 알려주신 책이잖아요.
'대책 없이 해피엔딩'은 김연수 작가가 제안한 제목이래요. 김중혁 작가는 '핑퐁 극장'이라는 제목을 고집했다가 까였대요. 그런데 알고 보니 '대책 없이 해피엔딩'이라는 표현은 김중혁 작가가 칼럼에서 쓴 표현이었다나요. 글을 많이 쓰는 작가는 가끔 자신이 쓴 표현을 잊기도 하나 봐요. 암튼, 작가님이 알려주신 내용이 책에 나와서 반가웠어요.

작가님이 저와 대꾸 에세이를 쓰려면 둘 중 한 사람은 네임드가 되어야 한다고 하셨잖아요? 작가님 책은 세종도서에 두 번이나 선정되었으니 네임드라고 불러도 되지 않을까요? 저보다는 작가님이 네임드가 되는 길이 훨씬 빠르겠죠? 작가님이 조금 더 노력해주실래요?

살면서 할지 말지 고민될 때는 하라고 하던데, 글쓰기는 영혼을 깎는 일이니 무작정 하시라고 말 못 하겠어요. 네 번째 책으로 지금까지와는 다른 걸 써보고 싶으시다면 그것도 좋을 거 같아요. 피 튀기는 유럽풍의 소설은 쉽게 상상 안 되지만, 로맨스는 좋을 거 같아요. 그리고 작가님에게 원고 청탁이 계속 들어온다니 좋은 일이에요. 누군가 작가님 글을 계속 원한다는 거잖아요.

지난주에 제 글이 좋다고 했던 출판사에선 아직 답이 없어요. 작가님처럼 금요일 늦은 오후에 답을 주겠다고 한 건 아니니까, 아직 물러나야겠다는 생각은 안 들어요. 꼼꼼하게 읽고 있겠거니, 출판사 내부 회의를 하고 있겠거니 생각하고 있어요. 그사이 출판사 대표님에게 답장 메일을 한번 보냈어요. 두근거리는 마음 진정시키려고, 좋은 글이라고 평해주셔서 감사하다는 뜻을 전했어요. 부처님 오신 날을 맞아 이번 주에 자비로운 마음으로 연락이 오려나요.

투고했던 다른 한 출판사는 22일까지 답을 주겠다고 했고, 또 다른 출판사는 24일까지 답을 주겠다고 했어요. 다른 곳에서 어떤 답이 오든 제 글을 좋아해주는 출판사에서 연락이 온다면 좋겠어요.

작가님이 월하노인에 대해 글 쓰신 적 있잖아요. 연인 사이의 인연을 붉은 실로 묶는다는 월하노인이요. 저는 요즘 연인 사이의 붉은 실처럼 글쟁이와 편집자 사이에도 운명의 실이 묶여 있는 게 아닐까 하는 생각이 들어요. 실의 색깔은 까만색이요. 아주 까만 색.

제 삶에도 저만의 '눈 밝은 편집자'가 생긴다면 좋겠어요.

5월
23일

누나! 작가님! 제 글이 좋다고 해주신 출판사 대표님은 전생에 석가모니였나 봅니다. 부처님 오신 날 저녁에, 계약하고 싶다는 메일을 주셨어요. 설레발 떨고 싶지 않아서 아내한테도 아직 말 안 했어요. 아내랑 주변에는 계약서 도장 찍고, 책 나올 때 얘기하려고요. 작가님한테 처음 얘기하는 거예요.

원고는 반 정도 읽으셨대요. 집중해서 읽을 수밖에 없는 좋은 글이라며, 멋진 책이 될 거 같다고, 잘 만들어보겠대요. 출판사는 20년 됐는데 그간 음악 서적도 간간이 만들어온 출판사예요. 지금까지 300여 권의 책을 냈고요.

그런데 어제 다른 출판사 한 곳에서도 메일이 왔어요. 여기는 철학 서적 전문 출판사예요. 비트겐슈타인 책을 자주 내는 출판사요. 철학서 전문 출판사에 음악 에세이를 투고한 이유가 있었어요. 이곳 출판사 사무실 마당에 텃밭을 키우고 있거든요. 토마토, 가지, 고추 같은 걸 키워요. 텃밭을 키우는 걸 보고는 왠지 마음이 따뜻한 사람들 같았어요. 그래서 투고했어요. 참 단순하죠?

그리고 집에서 가까워요. 집에서 버스 타면 10분 거리에 출판사가 있어요. 그런 낭만이 있거든요. 만화 『슬램덩크』 보면 서태웅이 집에서 가깝다는 이유로 북산고등학교에 진학해요. 저도 집에서 가까운 출판사와 일을 하면 그게 왠지 낭만적일 거란 생각을 했어요. 그런데 여기서도 미팅을 하고 싶대요. 다만 철학 서적 중심으로 출간하다 보니 음악 에세이는 어떻게 팔아야 할지 모르겠대요. 음악 에세이 시장이 좁으니 원고의 컨셉을 바꾸고 마케팅 부분 등을 협의하고 싶다는 메일이에요.

저 출간 기획서에 사람들이 제 글을 보고 음악을 찾아 듣길 바란다고 썼어요. 첫 책은 음악 에세이로 내고 싶어요. 미팅하자는 출판사에는 정말 고맙지만, 처음으로 제 글이 좋다고 해준 출판사와 계약을 할까 해요.

아, 그리고 24일에 답변을 준다던 출판사도 있다고 했었죠. 거기는 정말 큰 종합출판사예요. 나중에 확인해봤더니 저한테 보낸 답장 메일에 편집주간을 참조로 넣어 보냈더라고요. 메일 보낸 사람은 대리급이고요. 알아보니 가능성 있는 원고는 편집장 등을 참조로 넣어서 메일 보내기도 하나 봐요. 여기서도 연락 온다면 정말 행복한 고민이 될 거 같아요.

사람 참 간사하죠? 책 내줄 출판사 하나 못 구해서 절절매다가 괜찮은 출판사에서 연락 오니 또 다른 출판사 연락을 기대한다는 게. 저 1월에 처음 투고했어요. 제가 말씀드렸죠? 처음 투고했던 출판사가 작가님 책을 낸 곳이에요. 그냥 그렇게 하고 싶었어요.

그때 40꼭지였던 글을 수정하면서 지금은 72꼭지가 됐어요. 이제야 좀 괜찮아진 원고가 된 걸까요? 저, 작가님한테 정말 고마워요. 작가님이 쓰신 글 보고, 작가님이랑 댓글 주고받으면서 영감을 받고 글감을 얻기도 했어요.

작가님 제 뮤즈 하실래요? 아니, 이미 저한테는 뮤즈나 다름없어요.

## 5월 24일

오늘 출판사 세 곳에 메일을 보냈어요. 저에게 계약하고자 하는 출판사에는 저 또한 계약을 원한다는 메일을 보내드렸고요. 저에게 미팅을 제안한 철학서 전문 출판사엔 고맙지만 죄송스러움을 표현했습니다.

투고하면서 저에게 글쓰기 플랫폼에 글을 써볼 것을 권유했던 한 출판사 편집자가 있었다고 했잖아요. 출판사 빌리버튼 편집자였어요. 빌리버튼에서 나온 『찌질한 인간 김경희』라는 책을 재미있게 읽고서 투고를 했거든요. 그때 편집자분이 반려 메일을 주면서 글쓰기 플랫폼에 글 써볼 것을 권유했어요. 반려 메일이었지만 저에게 처음으로 '작가'라고 불러주었던 분이에요. 그 편집자분에게도 고마움의 메일을 전해드렸어요. 그분 덕에 글 쓰면서 작가님을 알게 된 거니까요.

원고를 넘기고 계약하게 된다면 그때부터는 출판사와 편집부의 역량에 맡겨야겠죠. 저는 모든 일이 처음이에요. 교정, 교열을 어떤 식으로 진행하는지도 모르는 초짜. 궁금하고 모르는 게 있으면 작가님께 많이 물어볼게요. 책이 나온다면 작가 증정본으로 스무 권 정도 받을 수 있겠죠? 그중 한 권은 군산에 보내드리고 싶어요. 책이 무사히 잘 나온다면 말이죠.

군산 한길문고에서 열 권을 사주신다면 그 또한 감사한 일이지만, 저보다 훨씬 좋은 글을 팍팍 쓰시는 작가님의 책을 저는 열 권까지는 못 샀는데요. 저도 얼른 재력가가 되어야겠어요!

투고가 100곳이 넘어가게 되면 많이 힘들 것 같았는데, 계약하자는 출판사는 87번째 투고였습니다. 미팅하자던 출판사는 86번째 투고였고요. 생각보다 계약 얘기가 빨리 나와서 다행이에요. 작가님 덕입니다. 제 글을 구독해주시고 랜선 친구가 되면서 글쓰기에 많은 용기를 얻었어요.

정말 너무 고맙습니다.

## 5월 25일

기다리는 일은 힘들어요. 어제 계약을 하고 싶다던 출판사 대표님은 생각하고 있는 계약조건이 있으면 알려달라고 했어요. 저 같은 초짜에게 계약조건을 먼저 물어봐주셔서 고맙고, 놀랍기도 했고요. 저는 몇 가지 문의, 건의 사항을 적어 보내드렸어요.

너무 딱딱한 음악 서적보단 가벼운 일상 에세이로 음악에 다가가는 책이면 좋겠다. 그래서 삽화가 들어가면 좋겠지만 편집부, 디자이너 의견에 전적으로 따르겠다. 대략적인 출간 목표 예정일을 알 수 있을까. 영어 가사의 해석에 오류가 있을지 모르니 감수를 해주시면 좋겠다. 이런 의견과 함께 인세나 이북 출간에 대해서는 출판사 방침에 따르겠다고요.

투고하면서 인세 부분은 여기저기 뿌려진 정보가 다들 제각각이더라고요. 첫 저자에겐 보통 5%에서 많으면 10%인 거 같아요? 저는 책 한 권 팔릴 때 천 원 정도 떨어지면 좋겠다고 생각하지만, 책은 또 너무 비싸지 않으면 좋겠어요. 아무튼, 이런 내용을 어제 아침에 보내드렸는데 아직 메일이 없어서 궁금하고 그래요.

바쁘겠죠. 출판사가 분명 바쁠 거예요. 저한테 계약하고 싶다고 메일 주신 날도 막 책 한 권을 넘겼다고 했으니 하루 종일 인쇄소에 가서 감리를 보고 있을지도 모를 일이에요. 그래도 기다리는 일은 힘들어요.

저에게 책을 써보라고 권해주신 분이 있다고 말씀 드렸죠. 그 분 덕에 출간이라는 꿈이 생겼다고요. 그분은 대학교수예요. 광고, 마케팅 분야 교수라는데 만나서 같이 얘기하고 놀면 그냥 옆집 아저씨죠. 좋은 분이에요. 인터넷 음악 커뮤니티에서 알게 된 분. 이 교수님은 청춘 시절 무라카미 하루키의 에세이를 즐겨 보셨대요. 제 글을 보시고는 하루키 에세이처럼 아기자기한 그림들이 들어가면 좋겠다고 하셨어요.
광고, 마케팅 교수가 그렇게 말씀하시니, 그런가? 그러면 더 좋을까? 싶기는 한데 저는 사실 감이 안 와요. 사진을 넣는 게 더 나을지, 그림을 넣는 게 더 나을지, 글만 들어가는 게 나을지. 저는 디자인 쪽은 완전 문외한이거든요.

알 수 없는 인생이라지만, 원고의 미래도 도통 알 수가 없어요. 제 원고의 미래는 곧 알 수 있겠죠?

## 5월 25일

우와! 랜선 친구라지만 인세는 여쭤보기 민감한 부분 같아 차마 묻지 못했는데 알아서 척척 얘기해주시니까 되게 고맙네요. 척척박사 배은영! 저도 인세 10% 받으면 좋겠지만 출판사 사정이 어떨지 모르니 만나서 얘기를 나눠봐야겠죠. 그래도 출판사에서 계약조건을 먼저 물어봐줘서 고마워요. 대표님이 출판 경력 30년이라니 믿고 의지하려 해요.

제 아내는 시누이가 없어요. 저는 형만 하나 있거든요. 저는 어릴 때 이모들이 좋았어요. 그래선지 우리 애들도 이모가 있으면 좋을 텐데 하는 생각이 들어요. 아내도 오빠만 하나 있어서 우리 애들은 이모, 고모가 없어요. 작가님 아이들은 이모가 두 분이나 계셔서 좋을 거예요.
어제 외근 나갔다가 남자들끼리 쑥덕쑥덕 얘기하는 걸 들었는데 여자들은 '시' 자만 들어가도 싫어한다는 그런 얘길 하더라고요. 시어머니, 시아버지, 시금치 뭐 그런 얘기들. 작가님에겐 해당하지 않는 얘기 같아요. 작가님이 가족에 관해 쓰시는 글 보면 너무 따뜻하고 좋아 보여요.

저는 둘째 태어나기 전에 일본에 처음 가봤어요. 큰애랑 아내랑 셋이 갔는데 무리해서 많이 돌아다녔어요. 나고야로 들어가서 하루 잤고요. 다음 날 기차 타고 오사카 넘어가서 하루는 나라, 하루는 고베, 하루는 교토, 하루는 오사카 시내를 구경했어요.
무라카미 하루키 『바람의 노래를 들어라』를 처음 읽을 때 '나라'라는 지명이 나와서 이건 뭐지 했어요. 일본에 가본 적이 없으니 나라가 지명인지 뭔지 감이 안 오던 시절이에요. 나라 공원에서 사슴 보는 건 좋았는데 바닥에 사슴 똥이 너무 많고 더운 건 힘들었어요.

그럼 10월에 오사카, 교토 여행 가시는 건가요? 어떤 여행이든 즐거운 시간이면 좋겠네요. 저는 둘째 조금 더 키워놓고 여행 다녀야 할 거 같아요. 둘째가 엄마만 찾다가 얼마 전부터 아빠도 불러주고 있어요. 그래선지 요즘 둘째 보는 재미가 있어요. 아빠는 안 불러줘서 그동안 좀 서러웠거든요.

네 번째 책 계획은 정해지셨나요? 아주 큰 비밀이 아니라면 나중에 알려주세요. 궁금해요. 저도 두 번째 원고로 어떤 걸 써야 할까 고민해봐야 할 거 같아요.

## 5월 25일

신기해요. 초조한 마음을 이곳에 적어두면 다음 날 꼭 체증이 가라앉도록 메일이 와요. 출판사에서 메일이 왔어요. 다음 주 중에 계약서 초안을 보내주신대요. 계약서 초안 검토하고, 세부사항 조정하고, 계약서 서명하고, 편집 들어가는 일정이래요.

사실 연말까지의 출간 계획이 다 정해져 있대요. 편집을 진행하면서 출간 시기를 재조정한대요. 책마다 예상외의 변수들이 많다고 하셨어요. 원고, 디자인, 제목, 표지, 마케팅 등등. 책이 나오는 과정이 많아서 항상 일정대로는 안 된다고 하셨어요.

제 책은 빨리 내고 싶은 욕심이 있다고 하셨어요. 제목이 가장 중요하다고 하시면서 저에게 제목과 캐치프레이즈를 고민해달라고 하셨어요. 블로그, 페이스북, 인스타그램, 트위터를 전반적으로 다듬어놓을 필요가 있다는 아주 어려운 숙제도 내주셨어요. 저는 SNS에서 인기 있는 사람이 아닌데 말이죠.

SNS에 계속 글 쓰면서 홍보를 생각해봐야죠. 출판사에는 음악평론가로 활동하시는 분도 계세요. 출판사에 근무하시면서 여러 방송사에서 작가로도 활동하신다며, 제 책이 출간되면 방송에 적극적으로 소개할 거래요. 되게 든든한 기분이 들었어요. 분명 책 판매에 도움이 되겠죠?

제 책이 나오면 어느 쪽 매대에 혹은 서가에 자리 잡게 될지 모르겠어요. 에세이 쪽에 가 있을지, 음악 예술 분야에 가 있을지. 욕심은 둘 다. 이왕이면 누워 있는 거로. 하하하. 작가님이 전에 그러셨잖아요. 책은 아저씨 기질이 있어서 누워 있기를 좋아한다고요. 서점에 가보면 그 말을 실감해요. 좁은 서가에 빽빽이 힘들게 서 있는 책 보다 누워 있는 책을 보면 편해 보이더라고요. 제 책이 나오면 오래오래 누워 있으면 좋겠네요.

오늘 작가님께 세 번이나 글을 썼네요. 작가님을 귀찮게 해드리는 건 아니겠죠?

## 5월 28일

작가님. 울증은 좀 가셨나요? 주말 잘 보내셨어요? 저도 감정의 기복이 큰 편이에요. 누나! 작가님! 그래도 너무 오랫동안 우울해하진 않았으면 좋겠어요. 그랬으면 좋겠어요.

출판사와 계약하기로 했어도 그 후에 들어오는 반려 메일에는 상처를 받아요. 한 출판사에서 오늘 반려 메일이 왔는데 산문집으로 묶기에 고유한 무엇을 발견하기 어려웠대요. 음악과 일상 에세이 둘 중 하나에 치우친 글들이 간혹 있어서 균형감이 아쉬웠대요. 원고를 보면서 저도 생각했던 부분이라 인정할 수밖에 없어요. 편집하면서 균형감을 잘 살려봐야죠.

저는 주말에 파주에 다녀왔어요. 군산에는 한길문고가 있지만, 파주 헤이리 마을에는 한길사 박물관이 있어요. 하나의 출판사에서 나온 책만 해도 엄청 많았어요. 그 많은 책에 조금 두려웠고요. 제 책이 나오면, 그 수많은 책들 사이에서 경쟁해야 하는 거잖아요. 그래도 파주에 가면 뭔가 예술인의 기운을 얻을 수 있어서 좋아요.

제가 쓴 음악 에세이 원고에 그런 글이 있거든요. 예술인의 기운을 얻고 싶을 때는 파주, 혜화, 홍대에 간다고요. 홍대에 가면 음악 예술인의 기운을, 혜화에 가면 연극 예술인의 기운을, 파주에 가면 출판 예술인의 기운을 얻을 수 있다는 글이요.

음악 에세이로 4개월이 조금 넘는 투고였어요. 당분간은 투고 경험을 글로 써볼까 싶어요. 그 글도 모이고 모이면 하나의 원고가 될 수도 있겠죠.

금요일에는 아내한테도 말했어요. 사실 계약서 도장 찍고 말하려고 했는데 말할 수밖에 없었어요. 아내가 자기한테 처음 얘기한 거냐고 해서 그렇다고 거짓말했어요. 사실은 작가님께 먼저 말했지만, 선의의 거짓말로 봐주세요. 아내한테는 출간된 책을 들고서 서프라이즈 해주고 싶었거든요.

금요일에 퇴근하고 아내가 배고프다고 해서 집 앞 맥줏집에서 치킨을 사 들고 갔거든요. 그렇게 치킨을 먹다가, 손가락 쪽쪽 빨며 먹다가. TV에서 박정현이 〈Vincent〉를 불렀어요. 원래는 돈 맥클린이라는 사람이 부른 빈센트 반 고흐에 관한 노래예요. 자막으로 노래 해석이 나왔는데 '예술'이라는 단어가 보였어요. 그 '예술'이라는 단어를 보는데 눈물이 왈칵 쏟아지는 거예요. 손가락 쪽쪽 빨다가 말이에요.

글 쓰면서 많이 외로웠거든요. 알아봐주는 이 아무도 없다고 생각했을 때 출판사에서 연락이 온 걸 생각해보니 그동안 서러웠던 게 터진 거 같아요. 예술이란 게 자기만족이 아닌 이상 누군가 알아봐주는 이 없으면 그저 외로울 뿐이잖아요. 백아의 거문고 소리를 알아봐주던 종자기가 있었듯이, 빈센트 반 고흐에게 동생 테오가 있었듯이, 저도 제 글을 이해해줄 사람을 그토록 찾아 헤맨 거니까요. 누군가 그랬다던데요. 글쓰기는 세상에서 가장 외로운 예술이라고요.

손가락 닦는 척하며 싱크대에 물 틀어놓고 한참 울었어요. 그래도 티가 났나 봐요. 아내가 왜 우냐고 물어봐서 말했어요. 출판사에서 연락이 왔다고. 계약하게 될 거 같다고.

TV를 보다가. 〈Vincent〉를 듣다가. 손가락을 빨다가. 울면서 말이에요.

## 5월 31일

이번 주에 계약서 초안을 보내주시기로 했는데 아직 메일이 안 오고 있어요. 벌써 금요일 오후 5시인데. 출판사가 많이 바쁜가 봐요. 스토커 기질을 발휘해서 출판사 판권을 막 뒤져보니 3년 전까지는 편집자도 둘, 마케터도 둘, 기획자도 있고, 부사장도 있었고요. 한 여섯 일곱 분 넘게 출판사에 계셨던 거 같아요. 그런데 지금은 많은 분이 퇴사하신 거 같아요. 거의 대표님 혼자 꾸려나가시는 거 같기도 하고, 그런데도 책은 매달 나오고요.

올해 다섯 권 나왔어요. 달에 한 권씩. 편집은 외주를 주는 건지, 아니면 판권에 나와 있지 않은 직원들이 또 있는 건지. 요즘 나오는 책 판권에는 발행인 이름만 있어요. 계약서를 받고 출판사 가서 미팅하면 분위기는 얼추 알 수 있겠죠. 1인 출판사에도 많이 투고했으니, 직원 수가 적은 건 전혀 상관없어요. 다만 메일이 빨리 안 오니까 조금 초조해져요. 편집자 얼굴도 얼른 보고 싶고요.

요즘은 원고 퇴고 중이에요. 대표님은 제 마음에 들 때까지 원고를 고치라고 하셨어요. 출판사에 투고했던 원고에서 몇 꼭지

더 추가하고 수정하면서 띄어쓰기, 맞춤법 다시 확인하고 있어요. 편집자에게 지뢰밭을 안겨주긴 싫으니까요. 여기 글 올리고 한 10분 후에 계약서 메일이 딱! 오면 좋겠네요.

아, 요즘 작가님한테 쓰는 글은 너무 찌질한 내용이 많네요. 그저 묵묵히 기다리면 될 것을 혼자 견디기 어려워서 찌질찌질.

오늘 서울은 되게 더워요. 올해 들어 가장 덥다는 거 같아요.

## 6월 1일

어제 작가님한테 글 쓰고 한 시간 지나서 계약서 초안이 왔어요. 일부는 만족스럽고 일부는 수정을 요구하려고 해요. 작가님 초판 부수는 얼마나 찍었어요? 요즘은 초판 1쇄를 1,000부나 1,500부를 찍는 데도 많다고 하더라고요. 근데 계약서를 보니 초판 3,000부 찍는대요. 3,000부까지 7%, 3,001권부터는 10% 인세. 손익분기 때문에 인세가 차이 나는 거래요. 저는 괜찮은 거 같아요. 여기에는 불만 없어요. 중쇄를 찍어야겠다는 의지로 생각하기로 했어요.

다만 계약금이나 선인세는 기재가 안 되어 있어서 이 부분은 여쭤보려고요. 요즘은 대부분 선인세가 있다고 들었거든요. 완전 원고 인도일로부터 출간 예정일이 명시되어 있지 않아서 이 부분도 짚고 넘어가려고요. 아, 그리고 인세 정산이 초판 3,000부에 대해서는 발간 후 한 달 이내. 그 후로는 1년으로 되어 있어요. 이 부분을 분기나, 반기로 해주실 수 있는지 여쭤봐야 할 거 같아요. 1년은 너무 긴 거 같아요. 작가 증정본도 10부. 이것도 20부로 요청해보려고요. 이북을 포함한 2차 저작권 인세는 50:50으로 되어 있는데 저작권자 권리가 적혀 있지 않아서 이 부분도 짚으려고요.

돈 얘기는 참 어려워요. 속물처럼 보일까 봐. 그래도 이 정도는 얘기해봐도 괜찮겠죠? 계약 기간은 3년이에요. 예전엔 대부분 5년이었다고 하던데, 저는 3년도 괜찮은 거 같아요. 그런데 계약서는 보통 2부 작성 후 나눠 갖나요? 다른 데는 3부 작성하기도 하더라고요.

그사이 한 출판사에서 반려 메일이 왔어요. 투고한 지 한 달 만에 온 반려 메일. 내부 회의에서 의견이 갈렸대요. 메일 보내준 사람은 술술 재미있게 읽었대요. 이제 이런 반려 메일 받아도 괜찮죠, 뭐. 계약할 거니까요.

출판사에 계약서 수정 요청 메일을 보내야겠어요.

6월
4일

카페 봄봄 예쁘네요. 카페도 예쁘고, 카페 이름도 예뻐요. 김유정의 소설 「봄·봄」에서 따온 이름일까요? 초등학교 5학년 때 짝꿍 이름이 김유정이었어요. 쌀쌀맞고 차갑던 여자아이였죠. 책상에 선 긋고 넘어오면 죽이네 살리네 했던 짝꿍. 주로 죽는 쪽은 저였어요.

그때 저는 이상하게 방귀를 잘 못 참았거든요. 방귀를 뿡뿡 뀌면 유정이는 코를 틀어막고는 저를 엄청나게 갈궜어요. 저 그때 축농증이 있어서 냄새를 잘 못 맡았거든요. 냄새가 지독했나 보죠? 유정이는 5학년 끝날 때쯤 전학 가면서 울었어요. 갈굴 사람을 놔두고 떠나서 울었던 건가 싶어요. 김유정 소설 읽을 때면 어릴 때 짝꿍 생각나요.

작가님 혹시 뮤지컬 좋아하세요? 저는 엄청 좋아하진 않아요. 제가 회사 일 하면서 가끔 뮤지컬 티켓이 나오거든요. 아, 제가 광고 회사에서 일한다고 말씀 드렸죠? 바터 광고라고 해서 광고를 해주고 현금 대신 티켓을 받는 일이 있거든요. 다음 달 1일 6시 뮤지컬 티켓이 있는데 보실래요? 이런저런 할인을 받으면 더 싸게 살 수는 있겠지만 정가로는 꽤 비싼 공연이에요. 물론 그냥 드리는 거예요. 군산에서 올라오는 차비 정도는 뽑을 수 있지 않을까 싶어요. 장소는 홍대 앞. 만 7세 이상 관람 가능하니까 둘째도 같이 볼 수 있어요. 아직 한 달이나 남은 공연이라 일정이 어떨지 모르겠어요. 시간 괜찮으시면 보세요. 대신에 저 나중에 군산 가면 커피 사주세요.

지난 금요일에 출판사에 몇 가지 요구사항을 적어 보냈는데 지금 막 수신 확인했네요. 뭐라고 답장이 올지 모르겠어요. 어떻게 답장이 오든 출판사도 나름의 사정이 있을 테니 어지간하면 계약하려고요. 메일 보내놓고 마음이 좀 그랬어요.

계약서에 도장 찍으면 출판사 이름을 알려드릴게요. 배본처가 많은지는 모르겠어요. 베스트셀러도 많지는 않은 거 같아요. 다만 청소년 문학, 음악, 종교, 자기계발 여러 가지 분야로 출판한 곳이에요.

무엇보다 대표님 마인드가 좋으신 거 같아요.

## 6월 5일

그럼 뮤지컬은 다음에 보세요. 어쩔 수 없죠.

작가님 처음 알게 되고 제가 막 스토킹했잖아요. 여기저기 검색해서 본 적이 있는데 리포터 일 하시지 않으셨어요? 작가님의 선배님이 쓰신 글이었나. 지방 방송국 리포터 출신의 아는 후배가 글을 아주 잘 쓴다는 내용이었어요. 선배님이 15년 전에 쓰신 글이었어요. 15년 전, 그때도 글을 잘 쓰신 거예요?

요즘은 글쟁이랑 편집자 사이에 어떤 일들이 오가나 찾아보다가, 웨일북 권미경 대표님 기사도 몇 개 찾아봤어요. 웨일북 차리시기 전에 다른 출판사에서 편집자 생활을 좀 하셨다는 거 같더라고요. 전에는 글과는 상관없는 직장생활도 하셨다는 거 같고, 글도 잘 쓰셔서 문학가를 꿈꾸신 거 같기도 하고요.

제일 처음 투고했던 때가 1월 5일이에요. 마지막 투고가 5월 15일이고요. 마지막 투고에서 반응들이 오고 있어서 처음 투고했던 출판사에 지금 투고했더라면 처음과는 반응이 달랐을까 생각해봤어요. 뭐, 인연이 아니었던 거죠. 처음 투고했던 원고를 보면 내가 엄청 무모했구나 싶어요. 분량도 적고, 출간 기획서도 형편없고. 하하.

어제는 작가님이 쓰신 출간 후기 「1%의 가능성, 원고 투고로 출간하기」를 다시 봤어요. 사실, 이 글 되게 자주 봐요. 외우겠어요. '나는 메일함을 지켜보고 있었다.'로 시작하잖아요. 저는 이 첫 문장이 좋아요. 원고 투고자가 가질 수 있는 여러 감정들이 복합적으로 들어간 거 같아서요. 초조하고 기대하는 마음. 알 수 없는 미래의 불안과 희망의 감정이 같이 느껴져서요. 저는 이 글이 참 좋은 게 이 글 덕에 작가님이 쓰신 책도 찾아보고, 덕분에 작가님이 제 글을 구독해주셨고, 덕분에 페이스북 친구도 맺고, 덕분에 여기에도 글을 쓰고 있으니까요.

작가님이 쓰신 출간 후기가 오마이뉴스 〈책이 나왔습니다〉라는 연재의 첫 글이더라고요. 어떤 기획의 처음을 담당하셨으니 완전 멋져요. 요즘은 〈책이 나왔습니다〉에 다른 사람들이 쓴 글을 보고 있어요. 각각의 사연이 다들 찡하더라고요. 저도 조만간 쓸 수 있겠죠. 책이, 책이, 제 책이 나왔습니다. 하고 말이에요. 다른 사람이 아닌 제가 쓴 책이요.

## 6월 7일

출판사에서 일주일 만에 메일이 왔어요. 계약서 초안 받고 수정 사항 요청 드린 메일에 답장이 안 와서 불안했는데, 이런저런 일이 동시에 터져서 정신이 없으셨대요. 요구사항을 반영해서 계약서 다시 보내주신대요. 제 요구사항이 지나치면 출판사 방침대로 해달라고 했어요. 출판사 대표님이 제 글 좋다고 칭찬해주셔서 성급하게 메일 드린 거 같기도 했고요.

어제 서점에 다녀왔는데 현실은 너무 가혹할 거 같더라고요. 음악 에세이는 인기가 정말 없는 거 같아요. 김중혁 작가가 쓴 음악 에세이도 나온 지 5년 됐는데 생각보다 쇄를 많이 못 찍은 거 같아요. 하긴 중쇄 들어가는 책 자체가 얼마 없다고 하더라고요. 작가님은 앞서 내신 책 모두 중쇄를 찍었으니 대단한 거 같아요.

책이 무사히 나오기만 한다면 인세 정산 기간이 3개월이든, 1년이든 괜찮다는 생각이 들었어요. 배고픈 전업 작가도 아니고 직장생활 하니까요. 어떤 출판사는 작가들에게 줄 인세를 떼먹어서 소송도 걸리고 하더라고요. 여기는 20년째 출판사 운영 중이니 그럴 일은 없을 거 같아요.

작가님, 세 번째 출간 책 후기 써주세요. 보고 싶어요. 이번 출판사 대표님도 좋으신 분 같던데요? 출판사 차리실 때 지인에게 돈을 빌리시고 돈 빌려준 지인의 성과 대표님의 성을 따서 출판사 이름을 지었다는 기사를 봤어요. 책이 잘되고는 빌린 돈에 이자까지 크게 쳐서 갚으셨다는 인터뷰 기사였어요.

다만, 이전 출판사에 비해 배본이 조금 아쉬운 거 같아요. 서점 갈 때마다 도서 검색기에 작가님 이름을 쳐봐요. 매대에 예쁘게 누워 있으면 사진 찍으려고요. 사진 찍어서 보여드리려고요. 세 번째 책은 배본이 조금 덜 된 느낌을 받았어요. 그래서 아직 1쇄가 다 안 나간 걸까요? 그래도 곧 2쇄 찍으시겠죠?

## 6월 8일

요즘 어떤 책 읽으세요? 저는 계약을 기다리면서 가벼운 마음으로 가벼운 책들 보고 있어요. 얇은 책들이요. 꿈꾼문고라는 신생 출판사에서 낸 『망작들』하고 현암사에서 나온 『그런 책은 없는데요…』를 보고 있어요. 둘 다 재밌어요.
『망작들』은 고전 명작들을 지금 출판사에 투고한다면 어떤 식으로 반려되나 하는 이야기인데요. 되게 재밌어요. 가령 『노인과 바다』를 쓴 헤밍웨이에게는 출판사 말고 낚시 사이트에 글을 올려보라는 식이에요. 제일 웃겼던 건 노스트라다무스의 『예언서』 투고 결과였어요. 미래를 내다볼 줄 아는 분이 출판사에는 왜 투고했냐는 거예요. 정말 웃기죠? 투고 결과를 미리 알 수 있다면 정말 좋겠죠. 그러면 투고자가 상처받을 일이 없을 테니까요. 저는 상처를 많이 받았어도, 이제는 계약을 기다리니까, 재밌게 읽고 있어요.
『그런 책은 없는데요…』도 비슷한 감흥을 줘요. 서점 직원들의 이야기인데요. 실제로 일어났던 에피소드들, 진상 고객들과의 이야기가 담겼어요. 서점 직원에게 책 소개를 받고 정작 책은 인터넷에 주문한다는 내용. 서가에 아이들이 매달려 노는데 아이 엄마는 책장이 쓰러질 일이 없겠냐고 묻는 내용. 제인 에어가 쓴 소설이 있냐고 물어보는 내용. 정말 웃기고도 슬픈 내용들이에요. 이 책 보니까 서점 직원들의 고충이 느껴지던걸요.

『그런 책은 없는데요…』 제목에 점 세 개가 있잖아요. 이 점 세 개에는 여러 감정들이 표현된 거겠죠? 프랑수아즈 사강이 쓴 『브람스를 좋아하세요...』에도 점 세 개가 찍혔잖아요. 사강이 그랬대요. 제목에 꼭 점 세 개를 찍어야 한다고. 실제인지 아닌지는 모르겠지만요. 물음표가 아닌 말줄임표를 쓰니까 제목이 가지는 의도가 남달라 보인달까요. 저자나 편집자가 문장부호 하나하나 신경 쓴다는 걸 독자들은 알고 있을까요? 쉼표 하나, 마침표 하나 쉽게 쓰지 못한다는 걸 독자들도 알까요?

저는 가끔 작가들의 명언을 보곤 하는데요. 스콧 피츠제럴드가 그런 말을 했대요. 느낌표 쓰지 말라고요. 느낌표는 자기가 한 농담에 스스로 웃는 것과 마찬가지래요. 저는 이 글 보고서는 진짜 그렇다는 생각이 들었어요. 글에 느낌표 잘 안 쓰려고 하죠. 그런데 작가님에게는 느낌표 많이 써도 괜찮잖아요.

작가님!!!!!!!!!!!!!!!!!
느낌표에 제 마음을 담아 전달할 수 있다면요.

## 6월 11일

저는 아직 편집자를 만나보지 않아서 어떻게 될지 모르겠어요. 어떤 편집자를 만날지. 남자일지 여자일지, 나이는 어떻게 될지, 출판사 내부 편집자일지, 외주 프리랜서 편집자일지, 편집자는 제 글을 좋아해줄지. 그랬으면 좋겠어요. 제 글을 좋아해주는 편집자면 좋겠어요. 성별이나 나이는 전혀 상관없어요. 딱 하나. 제 글을 좋아해주는 편집자면 좋겠어요.

작가님은 책 작업하실 때 이미 마침표 찍은 글에 몇 문장 추가하라는 요청을 받으셨잖아요? 세 번째 책 쓰실 때는 글의 방향을 완전 바꿔 쓰라는 요청도 받으셨고요. 저는 그런 요청을 받으면 엄청 큰 혼란이 올 거 같아요. 그래도 편집자가 하라면 해야겠죠.
교정, 교열도 어느 정도 이뤄질지 궁금하기도 하고요. 글 쓰면서 비문, 오문을 최대한 걸러냈는데 그래도 어디선가는 나오겠죠. 요즘은 저자와 편집자 사이에 어떤 일들이 오가는지 인터넷에 찾아보고 있어요. 트위터 보면 저자 욕하는 편집자도 많고, 편집자 욕하는 저자도 많더라고요. 보고 있으면 재밌어요.

저는 부디 서로 욕 안 하는 편집자를 만났으면 좋겠어요.

## 6월 12일

누나! 작가님!
세 번째로 쓰신 책은 원고지로 몇 장이에요?

오늘은 사무실이 좀 한가했어요. 하루 종일 글 썼어요. 일은 안 하고, 완전 월급도둑. 북미 정상회담도 안 보고 글 썼어요. 저는 음악 에세이 원고 쓸 때 원고지 800매를 목표로 글을 썼어요. 지금은 원고지 940매가 됐고요.

오늘 하루 종일 투고하면서 경험했던 일을 써봤어요. 목차를 써보고 한 꼭지당 A4 두 장 분량으로 썼어요. 오늘 원고지 100매 썼네요. 책 한 권이 원고지 800매라면 이 기세로는 일주일이면 책 한 권 분량 쓰겠어요. 저 오늘 정말 한가했던 거 맞죠?

얼마 전에 유유출판사에서 나온 『출판사에서 내 책 내는 법 : 투고의 왕도』라는 책을 샀어요. 이미 계약 얘기가 오가는 중이지만, 책에 실린 '책이 되어 가는 과정에 동참하는 법'이라는 꼭지가 궁금해서요. 몇 시간이면 다 읽을 수 있는 책이에요. 100페이지 조금 넘어요. 아주 작고 얇은 책. 이 책 쓴 사람은 출판업계 전문가래요. 저는 투고 경험자로 글 써보면 어떨까 싶었어요.

그런데 이 내용으로 원고지 800매는 무리일 것 같아요. 오늘은 투고 준비 과정에서 계약서가 오간 내용까지 썼어요. 근데 그게 원고지 100매가 나왔어요.

나중에 투고하면서 읽었던 책에 관해 쓰고, 계약 후에 일어난 일을 써보면 원고지 500매 정도는 될 것 같아요. 원고지 500매도 한 권의 책이 될 수 있겠죠? 첫 책이 나올 때까지 원고를 쓰고 다듬어서 곧바로 또 투고해볼까 해요. 그냥 희망사항이에요.

## 6월 14일

어제는 용산역에 다녀왔어요. 지방선거 날 아침 일찍 투표하고 놀러 간 거예요. 전에 용산역에는 대교문고가 있었거든요. 어느 날 가보니까 대교문고가 없어진 거예요. 으아. 이게 뭐야. 이렇게 큰 쇼핑몰에 서점이 없다니, 이제 다신 안 가! 생각했는데 어제 가보니까 영풍문고가 들어왔더라고요. 하나의 서점이 사라지고 새로운 서점이 들어온 거예요. 그 많은 책들이 장소를 옮기고 또 다른 곳에 있던 책들이 한 곳으로 옮겨 들어온 상상을 해봤어요. 책들의 이동. 좀 묘하더라고요.

새로 생긴 서점을 구경하다 보니 매대에 책을 가득 쌓아놓고 광고하는 책이 있었는데 눈에 확 들어오더라고요. 저는 미적, 시각적 안목이 없는 사람인데도 책 표지가 되게 예뻤어요. 『작가 형사 부스지마』라는 소설인데요. 주인공은 작가면서 형사예요. 컨셉이 독특하죠?
파란색이랑 연분홍빛이 그라데이션 처리된 표지인데 최근에 본 책 중에 제일 예쁜 거 같아요. 무엇보다 책 뒤에 '작가 지망생이 읽어서는 안 될 책!'이라고 쓰여 있는데 궁금하잖아요. 저는 작가 지망생이니까요.

어제 들고 와서 조금 읽어봤어요. 작가 지망생이 본다면 정말 상처받을 내용들이 좀 있었어요. 글이 참 재밌더라고요. 저는 미스터리 소설은 잘 안 읽는데 되게 재밌게 읽고 있어요. 출판사 주변에 일어나는 살인사건 이야기예요. 실제 출판사 주변에서 이런 무시무시한 일들이 펼쳐지진 않겠죠? 무시무시한 일이 일어나더라도 저는 출판사와 같이 일하고 싶어요.

제 책이 나온다면 어떤 표지일까요. 독자에게 눈에 확 띄는 표지면 좋겠어요. 출판사에서는 그런 속설이 있대요. 노란색 표지 쓰지 말라는 이야기. 왜? 황 된다고. 재밌죠? 그런데 저는 노란색 표지도 좋을 거 같아요. 서점에서 책 구경하다 보면 노란색 표지가 눈에 가장 잘 띄는 거 같아서요. 작가님 책처럼 민트색도 좋을 거 같고요. 『작가 형사 부스지마』처럼 그라데이션된 색상도 좋을 거 같고요.

요즘은 출간 전에 여러 가지 표지 시안을 올려놓고 독자 선호도를 조사하기도 하더라고요. 디자이너 입장에서는 좀 기분 나쁠 수도 있을 것 같고요. 제 책의 표지는 어떤 색일까요. 제 책을 상상하는 일, 가슴 뛰는 일이에요. 작가님도 이랬을까요?

## 6월 15일

작가님은 책을 어디서 사세요? 주로 군산 한길문고에서 책을 사시나요? 아니면 온라인 서점도 가끔 이용하세요? 저는 온라인, 오프라인 반반 이용하는 거 같아요. 온라인 서점에서 주문하면 가끔 굿즈도 받고 편해서 좋긴 한데, 오프라인 서점에서 책 냄새 맡아가며 구경하는 것도 좋아요.

서점은 점점 줄어든다지만 독립 출판물을 다루는 서점들은 하나둘 생겨나잖아요. 부천에 오키로북스라는 서점이 있는데요. 인스타그램 계정을 되게 재밌게 꾸며나가더라고요. 『찌질한 인간 김경희』의 김경희 작가가 이곳에서 직원으로 일하고 있대요.
여기서 피천득 수필집을 주문해봤거든요. 피천득 수필집이 동네 서점용 한정판으로 나온 거예요. 얇은 책인데 예쁘더라고요. 오늘 책이 왔는데 포장이 되게 정성스럽게 왔어요. 택배 박스 겉에는 취급 시 주의사항 스티커가 붙었는데요. '개봉 후 가급적 빨리 읽으시기 바랍니다.'라는 문구가 있어요. 서점이 센스가 있죠?

저는 고종석 아저씨 글도 좋아해요. 고종석 아저씨의 정치적인 성향이나 의견에 모두 동의하는 것은 아니지만, 그분이 쓰는 글은 생각의 폭을 넓혀주는 거 같아서 좋아요. 쓰신 책 중에 『고종석의 문장』을 보면요. 피천득의 「인연」에 대한 글이 있어요. 피천득의 「인연」에 등장하는 '10년쯤 미리 전쟁이 나고' 하는 부분을 문제 삼은 건데요. 한낱 개인의 인연 때문에 국가의 전쟁이 10년 정도 당겨졌으면 하는 소망을 지적하는 거예요. 피천득의 「인연」 하면 그저 아름다운 수필로만 생각했는데, 고종석 아저씨의 문장을 보고서는 아, 이렇게 생각할 수도 있겠구나 싶더라고요.

피천득 수필집 천천히 읽어보려고요. 부천 오키로북스는 한 번도 안 가봤는데 한 번쯤 가보고 싶네요. 앞으로 종종 여기서 책 주문할 것 같아요. 요즘에는 재밌는 독립 출판 책이 많이 생겨서 찾아보게 되더라고요. 집 근처에도 독립 출판물을 다루는 서점이 생기면 좋겠는데 아무래도 어렵겠죠?

아 작가님, 그런데 저는 투고하면서 한 번도 자비 출판이나 독립 출판을 염두에 둔 적은 없어요. 물론 자비 출판과 독립 출판은 전혀 다른 개념인 것 같지만요. 자비 출판은 돈만 있으면 책을 낼 수 있을 테고, 독립 출판은 개인의 자본으로 하는 것은 마찬가지지만 편집이나 디자인을 직접 다 해야 하는 거잖아요.
저는 독립 출판에 호기심이 생기면서도 자신이 없더라고요. 제가 왜 의존명사 같은 사람이라고 했잖아요. 저는 글 쓰는 일 말고는 아무것도 해낼 자신이 없었어요. 교정, 교열은 편집자에게. 북디자인은 디자이너에게. 그리고 책 판매는 유통 전문가에게 의존하고 싶었어요. 이런 게 기획 출판의 가장 큰 매력이겠죠?
무엇보다 자비 출판이나 독립 출판으로 책을 내는 건 단 한 사람의 편집자도 설득할 수 없는 일이라고 여겼어요. 자비든, 독립이든 남들에게 설득력이 없는 글을 책으로 내고 싶지 않았거든요. 제 시선이 조금 편협한 걸까요?

그러고 보면 작가라는 사람 자체가 의존명사 같기도 해요. 아무리 좋은 글을 세상에 내놓아도 독자가 읽어주지 않는다면, 그 작가의 존재 가치는 부질없고 의미 없는 것 같아서요.
저는 의존명사 같은 사람이니까, 계속 기획 출판의 문을 두드렸던 거고, 이제 그 결과물이 독자에게 가닿길 기다리고 있죠.

자비 출판이나 독립 출판 쪽에 눈 돌리지 않고 계속 투고한 게 잘한 일이겠죠?

책이 나온다면 의존명사 같은 저도 조금은 성숙한 사람이 될 수 있을 거라고 생각해요. 출판사 계약 제안을 받고는 자신감이 많이 생겼거든요.

## 6월 16일

작가님. 작가님은 스스로 작가가 되어야겠다고 다짐하게 된 글 같은 게 있나요? 저는 책을 내고 싶다는 꿈이 생기기 전에는 그저 취미 삼아 온라인에 음악 글을 써왔거든요. 여러 음악 커뮤니티에 음악 관련 글을 써오다 〈리드머〉라는 음악 웹진 필진으로 합류하게 됐고, 그러다가 책을 써보라는 권유를 받고선 원고를 쓰게 된 거죠.

그런데 그전에 글을 제대로 써보고 싶다는 다짐을 하게 된 계기가 있어요. 책 말고 글이요. 제가 자주 가는 음악 커뮤니티 중에 디씨트라이브라는 곳이 있거든요. 힙합, R&B 좋아하는 사람들의 커뮤니티인데요. 좀 독특해요. 되게 폐쇄적인 곳이거든요. 그러니까 회원 가입을 안 받아요. 사이트 주인이 1년에 하루, 이틀 회원 가입을 받는 곳이에요. 저는 몇 년 전에 운이 좋아서 회원 가입을 하게 되었고요.

디씨트라이브 사람들은 좀 시니컬하거든요. 이상한 글에는 악플도 많이 달려요. 이곳 게시판에도 가끔 음악 글을 올렸는데요. 처음 올린 글이 「동네 레코드숍」이라는 글이에요. 글을 올리면서도 조마조마했죠. 말도 안 되는 악플 같은 게 달리면 어쩌나 하고 말이에요.

글을 올리고 며칠 지나서 조회 수가 1,300건이 나왔는데요. 댓글이 50개가 달린 거예요. 놀라운 건 악플이 하나도 없었어요. 다들 글이 좋다며 칭찬을 해주는데 너무 좋았어요. 안도감이 들었달까요. 저는 제가 쓴 글 중에 「동네 레코드숍」에 애착이 있어요. 이 글의 반응을 보면서 글을 제대로 써보고 싶다는 생각을 했거든요.

작가님 혹시 좋아하는 작법이 있나요? 저는 보통은 작법 따위 생각하지 않고 무덤덤하게 글을 쓰지만, 마음먹고 누군가의 가슴 깊숙이 들어가고 싶다, 싶을 때는 수미상관 구조로 글을 쓰거든요. 「동네 레코드숍」이 그렇게 쓴 글이었어요.

아, 디씨트라이브에 올렸던 글 한번 보실래요? 제가 쓰는 음악 에세이 원고의 첫 꼭지 글인데요. 지금은 많이 다듬었지만, 디씨트라이브에 올렸던 글은 조금 러프하거든요. 그 글을 올려볼게요. 제가 좋아하는 제 글이에요.

## 동네 레코드숍

대방동에 살고 있습니다.
집 앞에 큰 횡단보도가 있고
그 길을 건너면 그곳은 신길동입니다.

20여 년 전에 부모님과 이곳에 잠깐 살다가
결혼하고 새로운 가족으로 다시 이곳으로 왔어요.

그때나 지금이나 길 건너 신길동엔
'이상희 레코드'라는 간판이 있는데
지나갈 때마다 그저 간판만 있고
영업은 안 하겠거니... 했어요.

이미 오래전에 동네 레코드숍들은 모두 문을 닫고
유명한 상아, 향, 퍼플 같은 레코드숍도 모두 닫은 상황에서 동네 레코드숍이 살아 있을 리가 없을 거라고 생각했거든요.

어젯밤에 저녁을 먹고 아들 손 잡고 동네 산책을 하는데
'이상희 레코드' 간판에 불이 들어와 있었습니다.
그마저도 간판 속 형광등이 나가서 1/3은 불이 꺼져 있었지만요.
음... 설마?
아들 손 잡고 혹시나 하는 생각에
그곳에 가보니 놀랍게도 아직 영업을 하네요.

아들 동요 음반이라도 한 장 살까 하고 레코드 가게 앞에 가니, 아주머니가 양치를 하려고 손에는 컵과 칫솔을 들고 나오면서 문을 잠급니다.

아들에게,
"아들. 우리 조금만 기다렸다가 문 열리면 씨디 사서 갈까?" 했더니
아들은 흔쾌히 좋다고 합니다.

10여 분이 지났을까.
양치를 마친 아주머니가 돌아오셨고,

아들 손을 잡고 그야말로 오랜만에 '동네 레코드숍'으로 들어갔습니다.

가게는 정말 작았고,
CD뿐만 아니라 카세트 테잎도 조금 있었습니다.
가게 정문에는 '테프 선물'이라는 글씨가 붙어 있었는데
붙여 놓은 지 20년은 더 된 거 같아요.

CD장에는 관리를 잘 안 하시는지 CD 비닐에
먼지가 조금씩 쌓여 있고 색이 바랜 음반도 많았습니다.
그리고 음반 아래쪽엔 솔방울 같은 것들이 쭈욱 있었어요.

아들이 그걸 보고,
"솔방울 귀엽다." 하니
주인아주머니는
"귀엽니? 솔방울은 아니고 솔방울 동생 같은 거야.
나도 귀여워서 갖다 놨어. 꼭 너처럼 귀엽네.
몇 살이니? 유치원 다니니?"
하시면서 젤리 한 봉지도 건네줍니다.

"몇 시까지 하시나요?"
"보통 뭐 10시까지 하는데 요새는 몸도 아프고 병원 다닌다고 좀 늦게 열고 그래요."
"아... 주말에도 하시나요?"
"주말에는 안 해요. 그냥 평일에만..."
"아, 네. 저 구경 좀 할게요."
"네, 네. 구경하세요."

그렇게 동네 레코드숍에서 음반을 구경하다가 아들에게 들려줄 동요 음반과 송창식, 이소라의 음반을 들고 왔습니다. 온라인 최저가를 찾아보면 훨씬 더 싸게 살 수 있는 음반들이었지만, '동네 레코드숍'에서 음반을 구경하고 물건을 사는 행위 자체를, 아들이랑 해보고 싶었나 봅니다.

물론 교보나 영풍 같은 대형 서점에 들를 때도 아들과 같이 레코드를 보긴 하지만, 동네의 조그마한 레코드숍을 구경하는 재미는 또 다른 거 같아요.

어릴 적 엄마 손을 잡고 처음으로 음반을 샀던 곳도 동네

레코드숍이었고,
학교 수업이 끝나자마자 달려가 서태지의 컴백 음반을 샀던 곳도 동네 레코드숍이었습니다.
사랑하는 누군가에게 선물을 하려 들른 곳도 동네 레코드숍이었습니다.
레코드숍은 그렇게 가끔씩
내가 아닌 타인을 위해 노래를 고르고 앨범을 고르면서,
음악 선물을 받을 상대방의 미소 띤 얼굴을 떠올릴 수 있었던, 마법 같은 장소가 되어주었습니다.
그때는 동네에 레코드숍이 세 곳 이상은 있었던 거 같아요.

시간이 지나면서 수입 음반 매장, 대형 서점, 온라인,
최근에는 아마존 같은 곳에서 음반을 사곤 하지만요.
어릴 때는 동네 레코드숍이 이렇게 다들 사라질 줄 몰랐는데요…

집 앞에 큰 횡단보도가 있고
그 길을 건너면
동네 레코드숍이 있습니다.

어때요? 전형적인 수미상관이죠? 댓글 달아주었던 많은 사람들은 마지막 세 줄을 보고 소름이 돋았대요. 저는 동네에 있는 무언가가 좋아요. 꼭 동네 레코드숍이 아니라, 동네 서점이든 동네 카페든 추억이 깃든 사라진 모든 것들을 대입해서 읽을 수 있겠죠? 제 글을 보고 누군가는 어릴 적 아버지와 함께 비디오 가게에 들렀던 추억이 생각난다고도 했고요.

저나 디씨트라이브 회원들은 이 글을 참 좋아해줬는데, 그래서 음악 에세이 첫 꼭지에 넣어두었던 글인데. 출판사 사람들은 조금 다르게 읽을 수도 있겠죠? 수미상관 구조가 좀 그렇대요. 글 좀 쓰는 아마추어의 작법이라고요. 출판사와 계약하게 되면 여러 가지 작법에 대해서 공부 좀 해봐야겠어요.

6월
18일

어제 TV 보는데 군산에 화재가 발생했다는 속보 자막이 나왔어요. 순간 아! 군산에는 작가님이 계신 곳인데, 별일이야 있겠는가 하면서도 걱정스러운 마음이 생겨났으니 이것은 애정입니다.

어제는 서점에서 시집을 들고 왔어요. 시집을 돈 주고 사본 지 10년은 된 거 같아요. 『그녀가 처음, 느끼기 시작했다』라는 시집인데요. 문학동네 임프린트 난다출판사 대표인 김민정의 시집이에요. 이분은 직업이 대체 몇 개일까요? 수필가이자, 시인이자, 문학 편집자이자, 출판사 대표. 어마어마하군요. 시가 좋아서 인스타도 찾아가 봤더니 비공개. 팔로우 요청했더니 허락해주셔서 팔로우했어요. 이분 인스타 글 보는데 'ㅋㅋ'라는 표현이 있지 않겠어요?
시인도 ㅋㅋ를 쓰는구나. 출판사 대표도 ㅋㅋ를 쓰는구나. 문학 편집자도 ㅋㅋ를 쓰는구나. 이런 생각이 들었어요. ㅋㅋ는 군산 배은영 작가가 글에서 잘 쓰는 웃음인데, 라는 생각이 들었으니 이 역시 애정입니다.

출판사에서 계약서를 아직도 안 보내주고 있어요. 초안이 온

게 5월 31일이니 보름이 넘었군요. 출판사가 바쁜 거겠지만 기다림의 시간이 길어지면 그건 또 싫어서요. 여기다가 이런 푸념을 하고 나면 마법같이 다음 날 메일이 오니까 여기다가 또 적어보아요. 이곳을 부적처럼 여기니 이 또한 애정입니다.

오늘은 되게 더운 월요일이네요. 즐거운 월요일이 되시길!

아, 김민정 시집을 들고 온 곳은 일산의 '버티고'라는 서점이에요. 서점 이름이 참 좋죠? 버티고. 서점에는 작가들의 사인도 많이 있었어요. 장강명 작가는 생각보다 글씨가 너무 예쁘더라고요. 바로 아래에는 권여선 작가 사인이 있었는데요. 권여선 작가 소설에는 알콜 냄새가 진하게 나잖아요. 왠지 사인에서도 그런 느낌이 나서 재밌었어요. 글씨가 조금은 삐뚤삐뚤했거든요.
근데, '버티고'라는 서점 이름이요. 우리말로는 되게 좋은 뜻인데 혹시 'Vertigo'라는 이름일까 싶기도 했어요. 이게 현기증이라는 뜻이잖아요. 알프레도 히치콕 감독의 영화 제목이기도 한.

## 6월
## 19일

누나! 오늘은 누나라고 불러야지. 누나. 누나. 누나.

어제 제 생일이었어요. 제가 전에 얘기했죠? 아내와 생일이 같다고요. 그런데 어제 반갑지 않은 생일 선물을 받았어요. 아내에게 받은 건 아니고요.

여기는 마법의 장소. 여기에 글 쓰고 출판사에서 바로 메일이 왔어요. 음… 출판사 마케팅팀에서 시장조사를 해봤더니 판매에 자신이 없다는 얘기예요. 결국 출간하지 않겠대요. 계약서 초안 수정 요청에 대한 부분은 이견이 없대요. 저자가 당연히 요구할 수 있는 사항이래요. 다만 마케팅팀에서 뜯어말렸나 봐요. 손익분기를 맞출 자신이 없대요.
좀 일찍 답을 줬더라면 싶어요. 5월 15일을 끝으로 투고를 안 했는데 그만큼 시간을 허비했어요. 무려 한 달이나. 계약서 도장 찍으면 멋지게 출판사 이름을 말하려고 했는데, 그냥 말씀드릴게요.
아로새김출판사예요. 청소년 문학 서적도 많이 내고 음악책도 많이 냈던 출판사예요. 자기네보다는 조금 더 큰 출판사에서 출간했으면 좋겠대요. 집중적으로 마케팅이 필요한 원고래요.

쓰러져가는 멘탈을 부여잡아야 해요. 사실은 다 때려치우고 싶어요. 책이 다 뭐람, 투고가 다 뭐람, 출판사가 다 뭐람. 속이 엄청 쓰려요.
그래도 또 투고해봐야겠죠. 전화위복이라는 단어는 이럴 때 쓰라고 있는 거겠죠.

다시 원점이네요. 아, 출간 쉽지 않아요. 많이많이 속상해요. 여기 댓글 달기 전에 출판사 아홉 곳에 투고했어요. 규모가 큰 출판사에 보냈어요. 그동안 문턱이 높을 것 같아 투고하지 않았던 출판사에 휙휙 던졌어요.

전에 5월 24일까지 답을 준다고 했던 출판사에도 다시 문의했어요. 시간이 오래 지났는데 답이 없어서 문의 드린다고요. 원고가 아직도 검토 중에 있대요. 다음 주까지 답을 주겠다는 내용이에요.

저에게 미팅을 권유했던 출판사에도 연락해볼까 싶어요. 되게 염치없는 사람이 되어버렸어요. 그쪽에서는 음악 에세이로 한정 짓지 말자고 했는데. 그러긴 싫은데. 계약하기로 했던 출판사와 계약이 안 됐다고 메일 보내봐도 좋겠죠?

누나! 누나는 이 어려운 난관을 어떻게 뚫고 턱! 하니 책을 내신 거예요? 누나도 쉽지는 않았겠죠. 쉽지는 않았을 거야. 그렇죠? 손가락 쪽쪽 빨다가 아내에게 계약할 것 같다고 얘기했는데. 또 울면서 말하긴 싫은데…….

아, 몰라.

실은 많이 울었어요.
이런 말 하면 안 되겠지만.
저는 조금 죽고 싶어졌어요.

3부
출판사 사람들

## 6월 20일

어제는 좀 아팠어요. 머리도 띵하고, 속도 띵했어요.

정신 가다듬고 다시 투고 중이에요. 드디어 투고가 100곳이 넘었어요! 이제 '투고 87번 만에 계약했다'라는 가제는 못 쓸 거 같아요. 투고 경험기를 써두었던 원고지 100매도 못 쓰게 되었어요. 전에 미팅 제안 주었던 출판사에도 메일을 보냈어요. 누나가 얘기한 문장 그대로 "원고가 다시 손안에 있다."고요.

아로새김출판사와는 악감으로 일이 틀어진 게 아니라 종종 조언을 구하려고 해요. 출판 관련 궁금한 게 있으면 언제든 답을 주시겠대요. 제 원고는 판매 가능성이 있는 책이라 온, 오프 광고를 다 밀려고 했는데 출판사 사정이 여의치 않아 포기하게 됐다, 라는 나름의 고백을 하셨어요. 저한테는 '슬픈 고백'이라는 표현을 하셨어요.
온라인 서점의 메인 화면 광고를 사들이고, 오프라인 대형 서점의 매대 광고를 집행하려 했대요. 계획했던 홍보를 모두 진행하면 보통 책 제작비의 두세 배가 들어갈 거래요. 저 때문에 출판사가 어려워져선 안 될 테니 바짓가랑이를 붙잡을 수는 없는 노릇이에요.

저는 출판사에서 온라인 서점의 메인 화면 광고나 대형 오프라인 서점의 매대 광고를 해주길 원했던 건 아니었다고 말씀드렸어요. 제가 생각했던 홍보 계획과는 좀 달랐던 거 같다고요. 대표님은 그렇게 진행해야 하는 아이템이라고 생각하셨대요. 제 원고를 엄청 밀어주려고 하셨던 거 같아요.

저는 제 글이 나오자마자 정주행으로 팔릴 거라는 기대는 안 했어요. 음악 에세이 시장이 좁다는 얘기를 많이 들어왔으니까요. 입소문과 역주행을 타길 바라면서 투고했거든요. 이 이야기도 대표님께 드렸는데 역주행은 변수가 될 수 있어도, 상수로 생각해서는 안 된대요.

저는 아직 출판계를 너무 모르고 있나 봐요…….

계약하러 사무실 가게 되면 출판사 대표님 드리려고 뮤지컬 티켓을 빼놓았었거든요. 전달할 수 없는 연애편지처럼 돼버렸어요. 그래서 메일 보냈어요. 우리가 악감으로 일이 틀어진 게 아니니, 머리 식히실 겸 뮤지컬 보시라고요. 어떻게 하실지는 모르겠네요.

1월에 빈약했던 원고로 투고했을 때 답이 없었던 출판사에도 재투고하고 있어요. 에세이 전문 출판사들이요. 김민정 시인이 있는 출판사도 가끔 산문집을 내기에 거기에도 던져보고요.

이제야 출판사의 출간 방향이라는 게 조금씩 눈에 보이는 거 같아요. 작가님은 작가님 책이 출판사 방향에서 볼 때 조금 생뚱맞다고 하셨잖아요? 저는 작가님 책이 완전 생뚱맞은 책은 아닌 거 같아요. 요즘 그곳에서는 따뜻한 책을 종종 내던걸요? 물론 작가님 책이 가장 따뜻한 거 같긴 해요.

글 쓰고 투고 안 하는 게 바보라고 하셨잖아요.
바보가 안 되려고 다시 투고하는 거예요.
바보가 작가님과 같이 대꾸 에세이를 쓸 수는 없죠.

저 다시 해요.
하루 정도 아파했으니 다시 해봐야죠.

## 6월 22일

누나. 여기 사진에도 누나가 있나요? 오렌지색 점퍼의 안경 쓴 아가씨가 누나예요? 무릎 아래까지 하얀 양말을 올려 신은 아가씨요. 어릴 때부터 센터 자리에 있었네요? 어릴 때 얼굴 그대로 자란 거 같은데요? 지금이랑 똑같은 거 같아요. 물론 실물을 보진 못했지만요.

저는 누나들이 좋아요. 막내고 집에 누나가 없어서 그런지 어릴 때부터 누나들이 좋았어요. 저는 결혼도 누나랑 할 줄 알았어요. 누나들이 좋지만, 말을 놓을 수는 없어요. 사실 놓을 수는 있겠지만, 음… 그건 나중에 더 친해지면요.

규모가 큰 출판사에도 투고하고, 1인 출판사에도 투고 중이에요. 첫 책은 1인 출판사에서 나오는 것도 나쁘지 않겠죠. 요즘은 1인 출판사도 실속 있게 운영하는 곳이 많다고 하니까요. 주로 기존 출판사의 베테랑 편집자들이 퇴사하고 1인 출판사를 차린다고 들었어요.

전에 얘기했었죠. 한 종합출판사는 5월 24일까지 투고 답변 준대 놓고 아직도 답이 없다고요. 저한테 보낸 답장 메일 참조에 편집주간을 끼워놓았다고요. 편집주간에게까지 공유할 정도로 원고를 중요하게 검토 중인 건가, 하고 김칫국 마시고 있어요. 답을 다음 주까지 준대요. 근데 이 출판사는 도덕적으로 좀 문제가 있던 출판사예요. 사재기 의혹도 있었고요. 출판사 직원이 부당한 대우를 받기도 했대요. 이런저런 말들이 많더라고요. 글 쓰는 사람이 이미지 생각을 안 할 수 없잖아요. 여기는 연락이 와도 안 해야지! 생각했는데 지금은 물불 안 가리는 처지가 되었어요. 여기서 긍정적인 답변을 준다면, 저는 그때도 이미지 생각을 할 수 있을까요?

그런데 사재기를 하면 정말 도움이 될까 싶어요. 출판사든, 작가에게든. 저는 잘 모르겠네요. 사재기를 하면 책이 베스트셀러에 오르고, 그러면 더 많이 팔릴 수는 있겠지만 그게 무슨 의미가 있을까 싶어요. 저는 책이 나오더라도, 출판사에서 사재기를 한다면 싫을 것 같아요.

요즘 비싼 돈 받고 책 쓰기를 가르치는 곳이 많잖아요. 어디 선가는 책이 나올 때 저자가 200권씩 사겠다는 내용을 출간 기획서에 적으라고 가르친대요. 물론 저자가 출판사로부터

200권 구매하는 게 사재기는 아니겠지만요. 저는 그런 거 보면서 좀 웃겼어요. 제대로 된 출판사라면 그런 출간 기획서에 흔들릴 리가 없잖아요.

옛날 사람들은 전쟁이 터질라치면 마트에서 먹을 걸 사재기하곤 했었죠. 출판업계의 사재기를 보면서, 또 이상한 걸 가르치는 곳을 보면서 출판업은 매순간이 전쟁터란 생각이 들었어요. 그래서 조금은 씁쓸했고요.

누나. 금요일이에요. 즐거운 주말 보내세요.
서울은 더워요.
비라도 쏟아지면 좋겠네요.

## 6월 29일

6월 19일부터 다시 투고해서 열흘 됐네요. 반려 메일이 하나둘 오고 있어요. 유명 출판사보다 어째 1인 출판사에서 답이 더 늦게 와요. 보통 2주 안에 답이 오니까 다음 주면 더 많은 메일이 오겠죠. 아무튼 계속 출판사의 문을 두드리고 있어요.

출판사에서 반려 메일 올 때 대부분 출간 방향이 맞지 않는다는 얘길 해요. 이게 출판사 입장에서는 가장 정중하고 평범한 내용의 반려겠죠. 그런데 한 출판사에서는 원고가 소략한 면이 있다고 왔어요. 소략이 꼼꼼하지 못하고 엉성하다는 뜻이더라고요. 편집자라면 단어의 뜻을 정확히 알고 보냈을 거란 생각이 들었어요. 답장 메일 보냈어요. 막 화나서 따지듯 보낸 건 아니고요. 저 마음 편해지자고 보낸 거예요.

소략하다고 하셨는데 보시기에 원고가 많이 엉성하던가요? 하고 피드백 줘서 고맙다는 답장 메일을 보냈어요. 이런 얘기 들려주면 재미있지 않나요? 저는 인터넷에 투고자와 출판사 사이에 오가는 얘기들 보면 재미있어요. 같은 글을 보더라도 누군가는 소략하다고 느낄 수 있을 테고, 누구는 너무 길다고 느낄 수 있겠죠. 요즘은 글이 점점 짧아지니까요.

오늘 다다님이 제 글을 구독한다고 알람 떴던데요? 이분이 작가님 후배분 맞죠? 『짬짬이 육아』라는 책을 냈던 분. 오타 없이 책을 냈다던 분. 이 책 낸 출판사도 얼마 전에 음악 관련 서적을 출간했더라고요. 한번 투고해볼까요?

월말이에요. 월말에는 좀 바빠요. 퇴근하려면 막 찜찜해요. 월말에 할 일이 많아서 그런지, 뭔가 빼놓은 일이 있는 게 아닌가 하는 불안감? 그래서 아직도 사무실이에요. 출판사도 월말에는 조금 더 바쁠까요? 10시가 넘었네요. 이제 퇴근해야죠.

누나. 즐거운 주말 보내세요.

여기에 투고 얘기 그만하고 다른 얘기 하고 싶어요. 다른 얘기. 사는 얘기. 즐거운 얘기. 막 웃긴 얘기. 작가님이랑 일상 얘기하며 수다 떨고 싶어요. 그래도 당분간만. 당분간만 여기다 투고 얘기 더 할게요. 당분간만.

7월
1일

투고 이야기도 세상 살아가는 이야기라고 해주시니까 너무 고맙네요.

수원에 다녀오셨군요. 군산에서 수원까지는 기차가 새마을밖에 없나요? 전에 말씀드렸죠. 서울에서 군산 가는 차표를 한 번 찾아본 적이 있어요. 저도 기차 탈 일이 있으면 책을 챙기긴 하는데 기차에서 책 읽기가 쉽지는 않더라고요. 기차 타면 음악 들으면서 차창 밖 풍경을 보곤 해요. 요즘은 휴대폰을 이용해서 글을 쓰거나 글감을 적어두기도 하고요.

올리신 사진 보니깐 큰아이 살이 좀 빠진 거 같던데요? 아닌가? 대학 생활이 좀 힘든가 싶었어요. 옆에 강동지님이 너무 건장하셔서 비교돼 그런 거 같기도 하고요. 대학생이 되어 엄마 품을 떠나 살면 아이도 힘들고 엄마도 서글플 것 같아요. 저는 결혼하기 전에는 계속 부모님과 살았거든요. 제가 결혼하고 엄마는 한동안 우셨대요.

지인이 오십견이 왔다고요? 그런데 남편이 밥 타령을 했다고요? 몸 아프면 서럽고 슬프다는 걸 서른 넘어서야 알게 됐어요. 남자들은 나이 먹어도 애 같아요. 몸 아픈 사람한테 밥 차려 달라고 했다니, 지인분이 서럽기도 했겠어요. 며느리가 아파하는데 시어머니가 "우리 아들 밥은?" 했다는 웃지 못할 이야기도 생각나고요.

빨래 너는 게 힘드시면 건조기를 사는 게 어때요? 저희는 얼마 전에 36개월 할부로 건조기를 샀어요. 아내가 되게 좋아해요. 아내 말로는 신세계래요. 진작에 살 걸 그랬나 봐요. 저는 설거지는 가끔 하지만 빨래를 삶아본 적은 없어서 잘 모르겠지만요.

이건 비밀인데요. 일곱 살 큰애가 아직도 잘 때 기저귀를 차요. 아내가 이불 빨래하는 데 지쳐서 건조기 노래 부르는데 당해내질 못했어요.

여기도 비가 엄청 오네요.
장마예요.

## 7월
## 2일

인터넷에 투고 관련해서 검색하다가 한 출판사 블로그를 봤어요. 붉은열매출판사 블로그인데요. 대표 혼자 하는 1인 출판사 블로그예요. 30년 편집 경력에 출판사는 20년째 운영 중이시래요. 투고 저자와 계약을 하려 했더니 저자가 "출판사 홈페이지도 없고 블로그도 없던데요?" 해서 그제야 반성하고 블로그를 만드셨대요. 결국, 그 저자와는 계약을 못 했대요.

블로그에는 투고 원고에 대한 회신을 해주는 글이 있어요. 어떤 원고에는 위로를 해주고 어떤 원고에는 상처가 되는 내용이었어요. 글이 재미있더라고요. 아무리 봐도 제 글이랑은 출판사 출간 방향이 영 맞지가 않아요. 이 출판사는 과학서를 주로 내는데 저는 학창시절 과학이 어려워서 문과를 택한 사람이거든요. 팩스의 원리가 궁금해서 찾아보기도 했다니까요.

출간 방향은 생각 안 하고 원고 피드백을 받을 요량으로 이 출판사에도 투고를 했어요. 다만 그 얘기는 했어요. 투고하면서 한 출판사와 계약 논의가 오가던 원고였다고. 사실 다른 데 투고할 때는 이런 얘기 안 썼거든요. 뭔가 꼼수 같다는 생각이 들어서요. 모든 원고는 동등한 기회를 받아야 한다는 사사로운 정의감이 있었어요. 제가 참 주제 파악을 못 해요.

지난 목요일에 투고했는데 어젯밤 9시에 메일이 왔어요. 일요일 늦은 밤에 메일이 와서 좀 놀라긴 했어요. 그런데 일부러 바로 메일을 열어보진 않았어요. 남은 주말을 기분 나쁘게 보내고 싶지 않았거든요. 요즘은, 정확히 얘길 하자면 아로새김출판사와 계약이 틀어진 후로 밤에 자주 깨요. 머리가 아파서 깨보면 새벽이고 그래요.

새벽에 메일을 열어보니 원고를 끝까지 다 읽으셨대요. 글을 보고 음악을 찾아 듣기도 하셨대요. 먹먹하기도 했고, 공감이 되기도 하셨대요. 재미있고 독특한 원고래요. 처음 몇 꼭지 읽고서는 음악 에세이라더니 신변 에세이야? 하시면서 점점 원고에 빠지셨대요.
편집자는 원고를 보면서 항상 컨셉, 독자, 마케팅, 디자인 등을 생각하며 읽으시는데 그런 생각 안 들고 글만 보셨대요. 좋은 의미로요. 결론은 시장조사를 좀더 해보고 며칠 후에 연락 주신다고 하셨어요.

출근해서 답장을 보내 드렸어요. 그간 몇몇 출판사와 이런저런 일이 있었고, 한 출판사와는 계약서 초안을 주고받기도 했다고요. 시장조사를 해보고 손익분기를 맞출 자신이 없어서 계약하지 못했다는 얘기도 드렸어요. 안 해도 좋았을 말이었을까요?

어찌 될지는 모르겠어요. 저는 시장조사라는 단어가 무섭고 두렵다고 했어요. 며칠간 고민해보시고 연락 달라고 했어요. 그러고 보니 붉은열매출판사도 권 대표님이에요. 아로새김출판사도 권 대표님이거든요. 두 분이 연배도 비슷해 보여요. 올 한 해 저는 권씨 성을 가진 귀인을 만날 운명일까요? 작가님 책을 냈던 출판사 대표님도 권씨잖아요.

붉은열매 대표님은 환갑이 가까우신 거 같은데 글만 보면 되게 젊어 보여요. 글을 다루든, 음악을 다루든 예술과 관련된 사람들은 좀 젊어 보이는 거 같아요.
다음 메일 기다려봐야죠.

그 사재기 경험이 있다던 출판사도 어제 연락 왔어요. 원래

5월 24일까지 답변 준다고 했는데 어제서야 온 거예요. 투고 접수한 지 50일 만에 온 메일 결과는 반려예요. 뭐 이렇게 오래 걸렸나 싶어요. 몇몇 출판사의 답을 기다리고 있어요. 이번 주에 답들이 좀 올 것 같아요. 일단은 기다려봐야죠.

7월
4일

누나! 저는 조인성도 아닌데 〈땡벌〉 부르고 싶어요.
'난 이제 지쳤어요. 땡벌. 땡벌!'
더운 날씨도 지치고 업무도 지치고 무엇보다 투고가 지쳐요.

그제 연락 왔다는 붉은열매출판사도 반려예요. 글이 좋은데 왜 망설이나 이틀간 고민하셨대요. 코멘트를 되게 길게 달아서 메일 주셨어요. 나름 살이 되고 피가 되고 희망이 되고. 그리고 상처가 되는 코멘트예요.

안 좋은 얘기 쓰면 비참해지니까 누나한테는 들었던 칭찬만 써야지. 원석이 너무 훌륭하대요. 독특한 원고래요. 제 글을 읽으시곤 이석원의 『보통의 존재』가 생각난다고도 하셨어요. 이 책은 에세이로는 완전 유명한 책이잖아요. 에세이 투고한 사람에게는 극찬이라는 생각이 들었어요.
그럼에도 반려예요. 에세이는 편집자가 수정할 만한 게 거의 없어서 모든 걸 글 쓴 사람이 책임져야 하는데 조금 부족하대요. 퇴고도, 제목도, 소제목도 이것저것 조금씩 부족하대요. 조금 더 다듬어서 나중에 다시 투고해보라고 하셨어요.

누나! 길게 봐야겠죠. 길게. 길게. 누나도 길게 보라 하셨고요. 붉은열매 대표님도 길게 보라 하셨어요. 길게 보면 답이 나올까요? 어른들이 길게 보라고 하니 길게 보는 게 맞겠죠?

출판사는 그렇게 많다는데, 투고할 출판사를 찾아보면 이곳이 과연 좋은 출판사인가 싶은 곳들도 많아요. 괜찮다 싶은 출판사에는 다 투고한 거 같은데 완전 출판사 찾아 삼만리예요. 재투고할 기간은 얼마나 둬야 하나 모르겠고요. 제목은 또 어찌해야 하나 모르겠어요.

당분간 투고 안 하려고요. 며칠간 부서진 멘탈 부여잡고 퇴고하려고요. 글 다시 또 다듬어야겠어요. 다듬다 보면 또 신생출판사, 멋진 출판사 튀어나오겠죠. 그러면 거기다가 투고해야지. 누나가 글은 고칠수록 좋아진다고 했으니까 그 말 믿고 고쳐볼래요.

아로새김출판사는 혜화동에 있어요. 저에게 처음 계약하자고 했던 출판사요. 혜화동. 동숭로. 대학로. 다 같은 동네예요. 아로새김출판사랑 일이 틀어지고는 어느 날 지하철 타고 혜화역을 지나가는데 눈물이 막 쏟아지는 거 있죠. 그때 책을 보고 있었거든요. 김민정 에세이 『각설하고,』라는 책이었어요. 눈물이 나오니 어쩌겠어요. 보고 있는 책으로 얼굴 덮었죠 뭐. 지하철에서 책 보니까 그게 장점이데요. 눈물 나는 거 가릴 수 있어요.

요즘은 툭하면 눈물이 나요. 누나도 힘들 텐데. 누나도 정수기 위에 달력 치우라는 강동지 멘트에 스트레스 받을 텐데. 그래도 얘기할 데가 여기 말고 마땅치가 않아요.

마로니에가 부른 노래가 있어요. 〈동숭로에서〉라는 노래.

> 그 햇빛 타는 거리에 서면 나는 영원한 자유인일세
> 그 꿈의 거리에 서면 나는 낭만으로 가득 찰 거야

동숭로에 있는 출판사와 계약 이야기 오가면서 매일같이 이 노래 들었어요. 동숭로에 가야지. 동숭로에 가서 도장을 찍고 책을 내야지. 동숭로에 가서 자유인이 되어야지. 동숭로에 가서 노래해야지. 그랬던 일이 허물어지니깐 이게 너무 아픈 거 있죠.

누나. 사실 요즘에는 글을 쓰는 게 좀 부끄러워요. 글 쓰고 투고하는 일이 부끄러워요. 이유는 모르겠어요. 거절을 너무 많이 받아서 부끄러운가. 그건 아닌 거 같은데. 결과를 못 내서 그런가. 그것도 아닌 거 같은데. 그래도 부끄러워요. 글을 쓴다는 일 자체가 부끄러워요. 누군가에게 제 글을 보여주는 일이 부끄러워요.

누구라도 "당신 글은 가망이 없으니 책 내고 싶으면 자비 출판해." 차라리 그런 말을 해준다면 접을 수 있을 텐데. 미련 없이 그만둘 텐데. 다들 하나같이 지쳐갈 때쯤 희망을 툭툭 던져줘요.

누나. 저는 이 말을 좋아해요. 사람은 꿈 때문에 웃지만, 꿈 때문에 운다는 말. 저한테는 이 말이 딱 맞는 거 같아요. 한동안 생각 없이, 꿈 없이 살아오다가 이제야 글을 쓰고 책을 내고 싶다는 꿈이 생겼는데. 이 꿈 때문에 너무 많이 울고 가끔 웃어요.

아, 오늘은 많이 울고 싶은 밤.
누나. 제가 이런 글 썼다고 누나까지 막 우울해지고 그러면 안 돼요.
그냥 마음속으로, 텔레파시로 토닥토닥해주면 감사.

## 7월
## 9일

전에 쓴 글은 많이 찌질했네요. 그래도 사실이니 어쩔 수 없죠. 저 참 찌질하죠?

며칠 전에 반려 메일 주신 붉은열매 대표님이랑 메일을 또 주고받았거든요. 대표님이 제 원고의 챕터를 나누래요. 투고 원고는 79꼭지의 글이었는데, 사실 챕터를 나누기가 여간 어려운 일이 아니었거든요. 챕터를 나누지 않는 것도 방법이겠다, 싶어 그대로 투고했던 건데 대표님은 챕터를 나누고 소제목도 신경 써서 붙이라고 하셨어요.

한 며칠 멘탈이 나가서, 사실은 되게 오래 멘탈이 나가서 한동안 원고는 쳐다도 안 볼 것 같았는데, 이게 누나가 말한 대로 마약이잖아요. 글 쓰는 일은 진짜 마약이에요. 며칠 정신 나간 거 수습하고 챕터를 나눴어요. 그리고 출판사 열 곳에 투고해 봤어요.

한 신생 출판사가 있어요. 몽실구름출판사요. 여기는 예전부터 알았던 곳인데 투고하기가 좀 꺼려졌던 곳이에요. 이유는 뭐랄까. 그동안 출간했던 책 표지가 되게 촌스러웠거든요. 그런 생각에 투고하지 않았던 출판사예요. 기획 출판하는 곳인데 자비 출판도 같이할 계획인 것 같아서 염두에 두지 않았던 출판사. 자비 출판도 겸하는 출판사는 내키지 않더라고요.

아무튼 챕터 나눈 원고를 오늘 이 출판사에 투고했는데, 메일 열어본 지 한 시간 만에 내일이나 모레나 글피에 만나자는 거예요. 당혹스럽잖아요. 기분 좋은 당혹감이긴 한데 그래도 이게 뭔가 싶잖아요.

원고를 끝까지 읽어달라고 했어요. 원고가 용두사미로 읽혀선 서로가 곤란할 테니 원고를 끝까지 읽고 그때도 글이 괜찮다면 다음 주에 미팅하자고 메일 보내 드렸어요. 챕터를 진작 나눴어야 했던 걸까 싶어요.

원래 정신상태가 좀 뒤죽박죽, 오르내림인데 투고하면서 조울증세가 더 심해질 거 같아요.
다음 주에 미팅할 수 있을지 모르겠네요.

## 7월 10일

요즘엔 너무 제 이야기만 하죠. 그러면 네 번째 책은 로맨스 소설로 가닥을 잡은 건가요? 정말 앞선 세 편과는 완전히 다른 장르가 되는 거네요? 엄청 힘든 작업일 거 같아요.

저는 로맨스 소설을 많이 읽어보진 않았어요. 서점에 가면 라이트노벨 서가에 책이 빼곡하게 있잖아요. 거기에 있는 책들은 거의 본 적이 없어요. 표지만 보고서는 이건 만화야, 뭐야, 생각했을 정도로 몰랐던 장르. 저런 책이 팔리긴 하는 걸까 하는 생각으로 봐요. 사람 시야라는 게 자기 관심 밖에 있는 것들은 그렇게 보이나 봐요.

저한테도 기억에 남는 로맨스 소설은 있어요. 와타야 리사의 『발로 차 주고 싶은 등짝』이라는 소설이요. 10대의 사랑 이야기예요. 어릴 때 봤던 책인데 작가 얼굴이 예뻐서 더 기억에 남아요. 사진발이 잘 받는 건지, 이상형에 가까운 얼굴의 작가예요. 구글에서 와타야 리사의 얼굴을 찾아보기도 했다니까요.
음, 그리고 요즘에는 인터넷에 작가님 이름도 가끔 검색해본답니다.

어제 투고하고 한 시간 만에 미팅 제안 받으니까 또 기분이 좋잖아요. 오늘은 문득 아니면 말고 정신으로 누나 책 출간했던 출판사에도 다시 한번 던져볼까 하는 생각이 들었어요. 1월에 투고했는데, 그때보다 원고 분량도 두 배 늘었고, 챕터도 나눴고, 제목도 바꾸었고, 글 형식도 바뀌었으니까요. 제일 처음 투고했던 출판사니까 다시 해볼까 싶은 생각.

출간 방향도 안 맞을 거 같고, 그쪽 출판사 사람들이 음악을 좋아하는지도 모르겠는데. 작가님 책 낸 출판사는 책을 정말 예쁘게 만드는 거 같아요. 작가님 책도 그렇고 다른 책들도 보면 참 예뻐요. 생각만 할지, 던질지는 모르겠어요. 출판사 미팅도 할 예정이니 투고하고 반려돼도 부담 없을 거 같기도 하고요.

노트북은 고치셨어요? 저는 회사 데스크톱으로 글 써요. 카페에서 노트북으로 타이핑하는 사람들 보면 저 사람들은 무슨 글을 쓰고 있나? 궁금해요. 저는 손이 커서 그런지 노트북으로 글 쓰는 게 좀 어렵더라고요. 예전에 한 프렌차이즈 커피숍은 시나리오 작가의 출입을 막기도 했대요. 한숨 푹푹 쉬면서 죽치고 글 쓰는 사람들이 보기 싫었나 봐요.

아! 그런데 챕터를 나누지 않은 게 그리도 빵 터질 만큼의 일인가요? 챕터 나누지 않은 원고로도 좋은 피드백 받았는데요! 흥. 칫. 핏. 근데 챕터를 나누니까 새로운 기분이 들긴 하네요. 누나 말대로 샤워한 기분이에요. 진작 나눌 걸 그랬어요.

## 7월 11일

로맨스 소설이 아닌 동화를 쓰기로 결정하셨다고요? 공모전 준비요? 동화 쓸려면 마음속에 아이가 있어야 될 거 같아요. 저는 안 될 듯. 저 결혼도 하기 전에 저 보려고 동화를 사서 읽은 적 있어요. 이상 있잖아요. 「날개」의 이상. 「오감도」의 이상. 천재 작가 이상.

이상의 유일한 동화가 있어요. 제목은 「황소와 도깨비」요. 학창 시절에 이상 글 보면 이해도 못 하면서 엄청 멋있는 거예요. 이상 글은 남들과는 다른 포스? 아우라? 같은 게 느껴졌어요. 그래서 이상이 쓴 동화도 궁금해서 본 거예요. 아직도 집에 있어요.

조영남 아저씨를 좋아하진 않지만, 조영남 아저씨가 '국내 최고의 글쟁이는 이상이다.'라고 했던 멘트는 인정, 동의.

첫 번째 책은 글쓰기 플랫폼에서 대상 받으면서 출간.
두 번째 책은 투고.
세 번째 책은 출판사 제안.
그리고 네 번째는 동화 공모전인가요?

작가님은 완전 모험가군요.

저는 천천히 따라갈게요.

너무 앞서가지 마세요.

## 7월
## 12일

누나!

제가 투고하면서 가장 먼저 투고했던 곳이 누나 책을 냈던 출판사였잖아요. 이유야 뭐, 군산 에이스 배은영 작가의 출간 후기 「1%의 가능성, 원고 투고로 출간하기」를 보고 가장 먼저 투고했던 거 아니겠어요? 누나 책을 낸 출판사라면 왠지 투고 원고를 꼼꼼히 봐줄 것 같았거든요.

어차피 다음 주에 말씀드린 몽실구름출판사와 미팅은 할 거 같고요. 미팅하면서 그게 계약까지 이어질지는 모를 일이고요. 투고를 처음 했던 게 올 1월이고, 반년이나 흘렀고, 그사이 원고도 많이 보강했고, 챕터도 나누었고, 좋은 피드백도 가끔 받았고요.

아무리 생각해도 누나 책을 냈던 출판사와는 출간 방향이 안 맞을 것 같은데, 그래도 다시 던져보는 게 후회가 안 될 것 같아서요. 그래서 던졌어요.

안 되면 말고 정신!

## 7월 16일

누나 책 내준 출판사에서 답변 왔어요. 반려.
챕터도 나누고 보강도 한 원고이니 미련은 없겠어요. 누나가 출판사 칭찬을 너무 많이 하셔서 저한테는 하나의 판타지가 된 거 같아요. 나중에 인연이 닿는다면 같이 일할 기회가 있겠죠.

몽실구름출판사에서 연락이 안 와서 혹시 미팅 제안 취소인가요? 하고 메일 보냈더니 금요일에 보자네요. 투고한 지 반년 만에, 원고 써보자 한 지 9개월 만에 출판사 미팅까지는 잡았네요. 규모가 큰 출판사였으면 좋았겠지만 그게 좀 아쉬워요.
처음 저한테 메일 올 때 서로 간에 출간 계약의 확신을 잡기 위한 미팅이라고 했거든요. 확신이 생길지, 불신이 생길지는 미팅해봐야 알겠죠. 이달에만 여기서 책이 두 권 나왔던데 어쩐지 한 권은 자비 출판 같아요. 표지가 영 이상해요. 저는 시각적인 안목이 없는 편인데도 촌스러워요.

모르겠어요. 모르겠어요. 만나서 얘기해보기 전까진 모르겠어요. 여기서 책 낸 사람들은 대부분 블로그를 하더라고요. 계약 후기를 찾아봤어요. 인세는 8% 받았대요. 인세 8%, 10%가 중요하진 않아요. 10%면 좋겠지만, 8%도 상관은 없어요. 다만 책을 잘 만들어줄 출판사인지는 아직 모르겠어요. 금요일에 만나보고 올게요.

투고하면서 하도 많이 고꾸라져서 금요일에 진짜로 만나게 될지는 모르겠고요. 그래도 일단 미팅에 앞서 마음의 준비를 해야죠. 후아! 아, 여기 대표는 남자예요. 40대 아저씨인 거 같아요. 머리도 살짝 벗겨진 아저씨요.

요즘 제임스 미치너의 『소설』이라는 소설, 그러니까 소설 제목이 '소설'인 책을 읽고 있어요. 소설가, 편집자, 비평가, 독자 시점의 옴니버스 소설인 거 같아요. 진도 잘 안 나가는 소설. 소설가 입장에서 쓴 파트 읽고 있는데 주인공은 자신의 편집자를 '구원의 천사'라고 표현하더라고요.

저는 모르겠어요. 몽실구름출판사 대표님은 저에게 구원의 천사까진 아닐 거 같고, 구원의 아저씨가 될 수 있을지. 이곳 대표님이 책 쓰기 관련 책도 내셨던데, 제가 보기엔 내용이 딱딱했어요. 유머 감각이 좀 있는 아저씨면 좋겠네요.

## 7월 19일

허리 아픈 건 좀 어떠세요? 아프면 서러우니 어서 병원에 가보세요!

책을 냈거나 책을 내려는 사람 중에는 인세보다는 출간 후에 강의료 같은 걸 목표로 삼는 사람들도 있더라고요. 그래서 누군가는 자비 출판도 할 테고, 그 책은 수백만 원짜리 명함이 되는 거겠죠. 저는 누굴 가르칠 만한 깜냥이 안 돼서 책을 내더라도 강의 같은 건 절대 못할 거 같아요.

강의하시면서 실물이 훨씬 예쁘다는 소리를 들으셨군요. 저도 훗날 누나와의 만남을 기대해도 되는 건가요? 저는 악필이라 사인도 없어요. 사인할 일 있으면 제 이름을 1초 만에 후다닥 쓰고는 그걸 사인이라고 우기는데요. 누나는 앞으로 사인할 일이 더 많아지시겠죠?

오늘 오후에 외근이 있었어요. 을지로에 갈 일이 있었는데 잠깐 시간 내서 광화문 교보문고에 들렀어요. 학창시절엔 자주 갔던 곳인데 결혼하고는 정말 오랜만에 간 거예요. 다른 건 아니고 내일 미팅할 출판사에서 나온 책들 좀 보려고요. 온라인 서점에서 미리보기하면 판권이 안 나와서 판권을 좀 보고 싶었어요.

출간 종수는 10종인데 매대에 누운 신간만 재고가 열 권이고, 나머지는 모두 서가에 재고 한 권씩. 편집자와 마케터 분업이 얼마나 되어 있는지 보고 싶었는데 판권에는 저자명과 발행인 이름만 있어요. 아무래도 1인 출판사 같아요. 그러니까 혼자 모든 일을 다 하는 진짜 1인 출판사요. 올해 들어 매달 책이 나오는 거 보면 엄청난 속도로 작업을 하는 건지, 내일 물어봐야죠.

몽실구름에서 출간했던 저자들 블로그에 계약 후기를 보면 투고하고 사흘이나 나흘, 혹은 2주 만에 답장 메일을 받았다고 해요. 저는 투고하고 한 시간 만에 미팅 제안이 왔던 거예요. 제 원고를 어떻게 본 건지 많이 궁금해요. 괜찮다고 생각했던 꼭지를 앞부분에 배치했으니 잠깐 들여다보고 괜찮다고 생각했을 수도 있겠죠?

용두사미로 읽혀선 안 될 테니 원고 다 읽으시고 만나자는 말씀드렸고, 그렇게 미룬 약속이 내일이에요. 다행히 미팅은 유효해요. 내일 만나보고 올게요. 뜨거운 한낮에 아저씨 둘이서 커피숍에 앉아 수다 떨어봐야죠.

7월
20일

누나! 몽실구름출판사랑 미팅하고 왔어요. 두 시간 정도요. 책도 네 권이나 주셨어요. 저보고 글을 봤을 때 상상했던 외모가 아니래요. 어떤 외모를 상상하셨던 걸까요. 약속했던 커피숍에 사람이 너무 많아서 이야기할 다른 곳을 찾아다녔어요. 날도 더운데. 결국, 낮에는 커피를 파는 동네 호프집에 가서 이야기했어요.

미팅 제안을 했을 때 원고를 끝까지 읽고 만나자고 말한 사람은 제가 처음이었대요. 두 시간 미팅하고 결론은 저랑 하고 싶다는 얘기예요. 계약서에 도장을 찍은 건 아니에요. 대표님이 사람은 참 좋은 거 같아요. 그런데 저는 모르겠어요. 어떻게 해야 할지. 기존에 나왔던 책들 초판 발행 부수 알려주실 수 있는지 물었는데, 안 알려주시고 적게 찍었다고만 얘길 하세요. 자기네 출간 작가들 다들 블로그 같은 거 키워서 자체 홍보 많이 했는데도 책 나오면 하나같이 실망을 하더래요. 책 천 권 팔기가 결코 쉽지 않다는 얘기를 하셨어요.

저는 79꼭지의 글을 보냈어요. 분량이 많다며 반 잘라서 40꼭지로 책 내면 좋겠대요. 저는 음악 에세이에 60년대부터 최근까지의 히트곡, 안 알려진 곡 버무려서 원고를 썼는데요. 알려지지 않은 곡으로만 40꼭지 다듬자고 하셨어요. 누나가 얘기한 의견 그대로였어요. 글 한 꼭지당 음악 한 곡씩 이야기하는 거로.

알려지지 않은 곡으로만 책을 내면 상업적으로 어렵지 않을까요? 했더니 유명한 곡으로 책 내면 상업적으로 유리하겠냐고 반문하시는데, 그 말은 또 맞는 거 같아요. 원고도 꼭지별로 메시지를 넣어서 전체적으로 리라이팅하재요. 3개월쯤 수정 작업을 새로 하면 5개월 후에는 책이 나올 수 있을 거라고 하셨어요.

원고를 줄이는 건 괜찮은데, 누나 표현대로 마침표 찍은 글을 조금씩 고쳐나가는 게 저는 어려울 거 같아요. 저는 정작 두꺼운 책보다 얇은 책을 좋아하긴 하는데 원고 반을 잘라내자니깐 원고한테 미안하다는 생각이 들었어요. 출판사에서 방향은 제시해줬는데 제가 잘 따라갈 수 있을지 아직 모르겠어요.

전에 붉은열매출판사 대표님은 저한테 그런 얘길 했어요. 독자들은 작가에게 환상을 품고 있다는 말. 저는 작가라는 호칭이 부담스러워요. 이웃사촌같이, 옆집 아저씨같이 만만돌이처럼 글이 다가갔으면 했는데 여기 대표님도 비슷한 얘길 해요. 알려지지 않은 무명의 작가라면 캐릭터를 구축해야 하고 남들과는 달라야 한다. 책을 내면 공인이다, 라는 말.
그런가요? 책을 내면 공인일까요? 저는 그렇게 생각 안 하고 살았거든요. 작가가 공무원은 아니잖아요. 연금이 나오는 것도 아니고요. 정체성에 혼란이 올 거 같아요. 저는 책 세 권 정도는 내야 스스로 작가라고 부를 수 있을 거 같았거든요. 내가 뭐 그리 대단한 글을 쓴다고 독자들과는 달라야 하는 걸까요. 출판사랑 미팅하면 막 희망이 생길 줄 알았는데 조금 막막해지는 기분?

고민은 두 가지예요. 원고를 고쳐야 하는 거 하나. 출판사 마케팅 측면에서 약한 거 하나. 선택은 제 몫이니까 며칠간 고민 좀 해봐야겠어요. 리라이팅 작업 관련하여 고민은 해보되 출판사 딱 한 군데만 더 투고해봤어요. 미팅했던 대표님은 암묵적으로 함께하는 거로 하고 투고는 멈추십사… 얘기하셨는데 한 군데만 더 던져보려고요.

꼭지별로 메시지를 담으라는 게 엄청 부담스럽네요. 메시지가 뭐지. 메시지가 뭘까요? 메시지가 꼭 있어야 하나. 대부분 여운을 남기면서 글을 맺었는데 그 속에 메시지를 넣으라니. 메시지가 뭔가. 뭘 꼭 전달을 해야 하나. 으으. 머리 아파요.

투고하면서 계약 제안을 준 출판사도 있었고, 미팅 제안한 출판사도 있었고, 어떤 출판사는 원고 칭찬을 많이 해주었죠. 어떤 출판사는 내부 회의에서 의견이 갈렸다고도 했고요. 지난 일을 생각하면 뭔가 하나씩 모자라서 기회를 놓친 거 같아요. 여기는 분명 좋은 기회인 거 같긴 해요. 제 글을 좋게 봐주신 거 같아요. 그런데 결정까진 조금 어려워요.

누나 허리는 좀 어때요? 군산도 많이 덥겠지만, 즐거운 주말 보내세요.

그런데 정말 메시지가 뭘까요?

## 7월 23일

누나 이야기를 보고 있으면 뭔가 실마리가 잡히는 거 같아요. 요즘에는 초판 500부도 흔하다는 이야기 들으니 안도감이 들어요. 요새는 정말 책이 안 팔리는 시대니까. 몽실구름출판사에서 내는 초판 발행 부수가 어떻게 되는지 여전히 모르지만요. 그래도 1,000부는 되지 않을까요?

오늘 원고 두 꼭지를 수정해서 몽실구름출판사에 보내드렸어요. 나름의 메시지를 넣어서요. 원고 수정해서 한 꼭지만 보내달라고 하셨는데, 두 꼭지 수정해서 보냈어요. 하나는 정 없잖아요. 어릴 때 저는 밥을 잘 안 먹었어요. 그럴 때면 엄마가 밥을 떠먹여 줬는데요. 그때마다 하나는 정 없다며 두 숟가락씩 먹였거든요.

주말 내내 생각해봤는데 음악 에세이를 내줄 출판사는 많지 않을 거 같아요. 첫 책만 나오면 당분간 음악 에세이 말고 다른 글 쓰고 싶어요. 그냥 일상 에세이 같은 글이요. 웃긴 얘기들, 재미난 얘기들. 혹은 소설을요.

몽실구름출판사 대표님은 제 원고를 상업적인 측면에서 큰 기대 하지 않는다고 하셨어요. 저는 그 말에 상처받진 않았어요. 아무런 기대가 없으면 실망도 없을 테니까요. 멋지게 반전을 이루길 좋잖아요.

주말에 또 광화문 교보에 갔어요. 몽실구름출판사에서 나온 신간 재고가 열 권 있었다고 말씀드렸었죠? 주말에 보니까 일곱 권 남아 있더라고요. 그사이 세 권은 팔렸나 봐요. 책이 나오면 사는 사람이 있으니, 저도 책이 나오면 팔리기는 하겠죠. 여기랑 같이 일해보죠.

누나. 저, 이제 투고를 멈추어도 좋겠어요.

## 7월 25일

제가 온라인에 썼던 글에 얼마 전 댓글이 달렸어요. 배은영 작가님이 제 글을 구독하기 시작했다는 그 글이요. 댓글 달아주신 분은 『좋은생각』이나 『샘터』 같은 에세이만 보다가 제가 쓴 글을 보고는 조금 새로운 느낌이 들었대요. 그러면서 『좋은생각』 10월 특집으로 노래 한 곡과 관련된 원고를 응모한다는 내용을 적어주었더라고요. 응모 마감이 8월 15일까진가. 분량은 원고지 10매, A4 한 장. 저보고 써보라는 소린가 싶었어요.

몽실구름출판사와 출간하기로 한 원고는 40꼭지예요. 쓰지 않기로 한 글 중에 하나를 뚝딱뚝딱 분량 조절해서 응모해봤어요. 채택되면 원고료 10만 원 준대요. 되면 좋고 아니면 말고. 채택되면 소고기 사 먹으려고요. 안 되면 그런가 보다 해야지. 이런 공모전에 글 처음 보내봐요.

제가 온라인에 올렸던 글 중 반을 지웠어요. 원고에 들어갈 글 중에 댓글 없던 글만 지운 거예요. 다듬어서 나중에 다시 올려놓으려고요. 책에 들어갈지도 모를 글들이니깐 나중에 고쳐서 새로 올려놓는 게 좋을 것 같아서요. 배은영 작가님이 제 글을 구독하기 시작했다는 꼭지는 물론 남겨뒀어요.

몽실구름 대표님이 앞으로 원고 수정할 때 꼭지별로 10포인트 A4 두 장 채워달라고 했어요. 저는 평소 11포인트로 글을 썼거든요. 10포인트 A4 두 장이 꽤 어렵다고 느끼고 있어요. 꾸역꾸역 이야기를 늘려나가고 있기는 한데요. 자꾸자꾸 줄여나갔던 얘기들을 다시 늘리려니 어려워요. 메시지를 넣자고 하셔서, 글을 늘리긴 하는데 이렇게 하는 게 과연 의미가 있을까 싶기도 하고요. 사실 글이 더 좋아지는 건지 확신이 서질 않아요. 일단은 샘플 원고 보내드렸으니 답을 기다려봐야죠.

누나 세 번째 책이 원고지 600매, 두 번째 책이 원고지 750매 정도였다죠? 저는 40꼭지로 꾸려보니 원고지 580매 나와요. 650매~700매 정도로 늘려야 될 거 같아요.

오늘은 저한테 처음 계약 제안 주셨던 아로새김출판사 대표님에게 안부 메일을 보냈어요. 한 신생 출판사와 미팅을 했고, 계약하게 될 것 같다고 말씀 드렸어요. 그래야 아로새김 대표님도 마음이 편할 것 같아서요. 대표님이 막걸리 한잔 하자고 하셨어요. 계약하기 전에 한번 보면 좋겠다고요. 저는 술을 거의 안 마셔요. 막걸리는 대표님이 좋아하셔서 정한 주종이에요.

출판 관련해서 좋은 얘기 많이 나눌 수 있을 거 같다고, 희망찬 이야기 나눠보자고 하셨어요. 가봐야죠. 처음으로 제 글 좋다고 해주셨고, 계약까지 제안 주셨던 고마운 분이에요.

## 7월 26일

누나.

샘플 원고 두 개 보내준 걸 몽실구름출판사에서 편집해서 보내줬어요. PDF로요. 책의 속지 형태로 왔는데 이건 반가웠어요. 책이 나오면 이런 디자인으로 나오는 건가, 싶은데 예쁘더라고요. 편집된 PDF 파일은 처음 받아보는 거니까 신기하기도 했고요.

누나가 전에 그랬잖아요. 편집자의 방향은 옳다고. 스티븐 킹이 한 말이라고 하셨나요? 누나가 말한 뜻을 염두에 두고 출판사에서 보내준 글을 읽긴 했는데요.

흠… 글쎄요.

저는 경어체로 쓴 두 꼭지를 보냈는데 일단 평어체로 다 바뀌었어요. 책에서 문체를 통일하자는 의견이에요. 이거 좀 고지식한 거 아니에요? 소재별로 문체를 좀 달리해서 글을 썼던 건데 글의 감성이 확 바뀌었어요.

무엇보다 글의 구조도 바뀌고, 의도도 바뀌고, 단어도 바뀌어서 왔어요. 수미상관 구조로 쓴 글인데 하단 문장을 아예 덜어내기도 했어요. 아, 제가 얼마 전에 보여드렸죠? 「동네 레코드숍」이라는 글이요. 그 글의 하단을 싹둑 잘라냈어요. 문체가 바뀌다 보니 제가 쓴 글 같지가 않아요. 이게 제일 문제예요. 내가 쓴 글 같지가 않은 거. 조목조목 얘기해서 메일 보내드렸어요.

전에 붉은열매 대표님이 말하시길 에세이는 편집자가 개입할 여지가 극히 드물다고 했어요. 아로새김출판사 대표님도 메일을 주셨는데 자기는 저자의 글을 거의 손대지 않는대요. '감히, 어떻게.'라는 마음으로 글을 편집하신대요. 저는 그 정도는 아니에요. '감히, 어떻게.' 내가 쓴 글을 고칠 수 있지? 그런 생각은 아니에요. 부족하다면 고쳐야겠죠. 고쳐야 마땅하겠죠.

그런데 여기서 보내준 글은 제가 생각했던 것보다 너무 많이 변해서 온 거 있죠. 누가 더 뛰어나다는 게 아니라 저랑 편집자가 가지고 있는 언어 감수성이 좀 다른 느낌이랄까요. 조금 많이 달라요.

어떡하지. 실은 기분이 좀 나빠요.

7월
27일

아, 둘째가 방학했군요! 허리가 많이 아프신가 걱정했어요. 쓰셨다는 동화. 열세 명이 읽어보고 열하나가 재미있다고 얘기했다면 엄청 좋은 반응 아닌가요? 읽히지 않고 끝이 궁금하지 않다고 말씀하신 분이 궁금하네요. 너무 가차 없는 반응이에요. 괜찮으시면 쓰신 동화 저도 보여주세요!

몽실구름출판사와는 계약하기 전에 정리하고 가야겠어요. 교정, 교열은 당연히 인정하겠지만 윤문, 윤색의 범주로 들어서면 협의가 필요할 것 같아요. 알아보니 여기 대표님은 문학, 에세이 편집자 출신은 아니고 교육서, 자기계발서를 주로 내는 회사에서 근무하시던 분이에요. 그래서 감성 차이가 좀 나는 거 같아요. 이분이 편집자로 근무했던 출판사에서 나온 책을 찾아봤는데 소설이나 에세이를 낸 적이 한 번도 없더라고요. 대부분이 교육서였어요.

몽실구름에서 편집되어 온 글에는 제가 중요하다고 생각한 문장이 삭제되기도 했고, 불필요해 보이는 문장이 추가되기도 했어요. 삭제되면서 글의 의도랑 구조가 바뀌었고, 추가되면서 제 글의 감정선이 흔들렸거든요.

어제 여기, 여기, 여기 이상하다. 라고 메일 보냈으니 답이 오겠죠. 수긍해주면 같이 가는 거고, 아니면 같이 하기 어려울 거 같아요. 제가 쓴 글 같지 않은 글로 책이 나와봤자 저에게는 아무런 의미가 없는 작업이 될 거 같아서요.

책을 내준다고 무조건 따라가진 않을 거예요. 의미 없는 책은 저한테 소용없어요. 아직 계약한 것도 아니니까 다른 출판사에 투고해보고, 더 좋은 출판사에서 연락 올 수도 있으니까요. 사실 오늘 몇 군데 더 투고했어요.

휴가 때 어디 가시는 거예요? 저번에 가신다던 일본 여행이 요맘때였나요? 휴가 때 좋은 시간 보내시고. 주말도 잘 보내시고. 새 작업도 좋은 시간이 되기를요.

작가님!!!
새삼 고마워요.
징징거리는 글에 하나하나 댓글 달아주시고.
되게 고마워요.

7월
27일

퇴근 전에 몽실구름출판사에 메일 한 번 더 보냈어요.

출판사에서 수정해서 온 글에는 제가 쓰지 않은 "다행이다, 울컥했다, 행복했다" 같은 단어, 문장이 추가되었어요. 저는 이 글 쓸 때 감정을 드러내지 않고 담담하게, 담백하게, 무미건조하게 사실만 얘기하려고 했거든요. 누나도 아는 글이에요. 둘째아이가 태어났다는 글. 누나가 보고선 둘째에게 안부를 전하고 싶었다는 글이요.

그때 둘째가 좀 아팠잖아요. 인큐베이터에 들어가서 며칠을 지냈죠. 나중에는 괜찮아졌고요. 그런데 둘째아이에 대한 글을 쓰면서 다행이다, 울컥했다, 행복했다는 표현을 쓰지 않았거든요. '다행이다, 울컥했다, 행복했다'는 내가 느낀 감정이 아니라 편집자나 독자가 가질 만한 감정이라고 보냈어요. 글쓴이의 감정선까지 치고 들어오는 편집이 저한테는 의미 없는 작업인 거 같다고요.

메일 읽어보고 의견 달라고 했어요. 교정, 교열은 무조건 동의하겠지만 윤문, 윤색, 재창조는 협의하고 싶다고 했어요.

7월
28일

윤문, 윤색한 원고에 대해서 아직 답이 없어요. 음, 편집돼서 온 원고를 보다 보니까 궁금한 거예요. 이 정도의 편집이 흔한 일인가 싶어서요. 서점에 들러서 『편집자를 위한 출판수업』이라는 책을 들고 왔어요. 저는 편집자가 아닌데도 이런 책을 들고 온 거예요. 편집자의 생각이 궁금하니까요. 네 명의 편집자가 쓴 책인데요. 책에 이런 내용이 있어요.

> 교정은 판단하고 설득하는 일이다. 원고는 저작자의 것이며, 내용에 대한 책임은 저작자에게 있다. 저작자에게는 자기 글에 대한 권리(동일성유지권)가 있고, 교정을 책임져야 한다. 문장을 상식이나 관성으로 함부로 대해서는 안 된다. 고칠 것인가? 말 것인가? 편집자는 매순간 '판단'해야 한다. 고친다면 왜 고치는가? 원문을 교정한 까닭에는 '설득력'이 있어야 한다. _이옥란 에디터

> 교정은 단순히 '글자'를 보는 것이 아니다. 제 할 일을 다 못해 한없이 허술한 책이 있는가 하면 편집이 원고 위에 군림하여 독서를 방해하는 오만한 예들조차 적지 않은 게 사실이다. _이옥란 에디터

이 글을 보니까, 저는 제 원고가 상식이나 관성으로 함부로 대해졌다는 생각이 드는 거예요. 교정된 원고를 보았을 때 그 어떤 설득력도 느낄 수 없었어요. 편집자가 제 글 위에 군림하고 있다는 느낌이 들었죠. 제 글은 편집자의 것이 아니라, 제 것이잖아요. 내가 쓴 나의 글이요.

편집돼서 오는 원고를 보면 마냥 기쁠 줄 알았는데, 보고 있으면 자꾸만 화가 나요. 같은 원고를 열 명의 편집자가 손보면 각각 다른 책 열 권이 나온다고 들었어요. 그만큼 편집자가 중요하다는 얘기겠죠. 저는 좋지 않은 편집자를 만난 것일지도 몰라요. 제 글이 많이 이상했던 걸까요… 그렇다 하더라도 자꾸만 화가 나는걸요.
가능만 하다면, 편집자의 머리를 갈라서 그 안을 들어가 보고 싶어요. 들어가서 편집자가 고친 단어 하나하나를 따져 묻고 싶어요. 왜, 이 단어를 쓴 거죠? 왜, 내 문장을 잘라낸 거죠? 왜, 문장의 순서를 바꾼 거죠? 왜, 내 감정을 마음대로 표현한 거죠? 왜? 왜? 왜?

편집자는 왜 그렇게 제 글을 많이 고쳤을까요…….

## 7월 30일

너무 예쁘네요. 주어는 없습니다. 주어를 붙여야지. 작가님에게 집중하는 아이들도 너무 예쁘고요. 작가님에게 사인 받으려고 기다리는 모습들도 너무 예쁘고요. 작가님도 너무 예쁘고, 작가님 손글씨도 너무 예쁘네요. 강의를 잘 마치셨다니 다행이에요.

몽실구름출판사하고는 더 이상 진행 안 하기로 했어요. 79꼭지 중에 40꼭지만 수정하자는 제안이었는데, 결국 79꼭지의 글이 다시 제 손으로 들어왔어요. 전에는 상심이 컸는데 이번에는 생각보다 괜찮아요. 제 글을 많이 고치지 않는 편집자와 같이하고 싶어요. 제 글에 애정을 갖고 있는 편집자라면 글을 마음대로 고치진 않았을 거예요. 고치더라도 제가 고치고 싶어요. 편집자의 글이 아니라, 제 글이니까요. 대표님도 저한테 미안하대요. 자신에겐 과분한 원고였다는 말도 덧붙이면서요. 이제는 아무런 의미 없는 말이죠.

꼭지를 좀 줄이고 더 수정해서 다시 투고하려고 해요. 몇몇 아주 짧게 쓴, 열심히 안 쓴, 보기에 너무 튀는 글을 지우고 보면 60꼭지 될 거 같아요.

제가 일하는 여의도에도 많은 사람이 휴가를 갔나 봐요. 평소보다 길에 사람이 없네요.

출판사 사람들도 휴가를 가겠죠?
거기도 사람 사는 동네니까요.

# 4부 구원

8월
1일

책 『신해철』을 사시고 오르골을 받으셨군요. 요즘에는 정말 책에 딸린 사은품, 증정품이 좋은 게 많은 거 같아요. 어떨 때는 책보다 부록이 더 값나갈 거 같을 때도 있어요. 부록 받으려고 일부러 온라인 서점에서 주문하기도 하고요. 오르골이 탐나는데 저도 사볼까요?

오르골. 스무 살 넘어서 방위산업체 다니고 월급 받으면서 뭘 모아야겠다는 생각이 들었어요. 어릴 때부터 수집벽이 있던지라 우표 모으고, CD 모으고, 이것저것 모았거든요. 월급 받고 돈이 생겼으니 뭘 모아야 하지 않겠어요? 오르골 소리가 좋아서 모아야겠다는 생각을 하고 한 달에 하나씩만 사야지 했는데, 사다 보니 너무 비싼 거예요. 한 두어 개 사고는 말았던 거 같아요. 요즘에도 예쁜 오르골 보면 갖고 싶은 생각이 들어요.

스무 살에 처음 만난 첫사랑과 헤어지고 스물넷 되던 해였나. 첫사랑과 문자를 주고받는데 얘가 뜬금없이 자기 생일 선물을 사달라는 거예요. 그때 저는 연애하고 있던 것도 아니고 헤어진 첫사랑과 다시 얼굴 본다고 해도 어색할 것도 없고 해서 그래 뭐 하나 사주지, 생각하다가 고른 게 오르골이었어요. 미야

자키 하야오 작품에 나오는 고양이 모양의 오르골. 그 고양이 이름이 뭔지는 모르겠어요. 걔가 고양이를 좋아하거든요.

아무튼, 생일 선물을 샀으니 만나야 했는데 못 만났어요. 포장해 놓은 채로 몇 년을 집에 놔두고는. 지금은 아마 아이들 장난감 쌓인 방구석 어딘가에 있을 거예요.

제가 쓴 원고에는 전에 만났던 여자친구들 얘기가 많아요. 제 아내는 한때 이것 때문에 스트레스를 좀 받았는데요. 지금은 보살이 되어 쓰든 말든 그러고 있어요. 몽실구름출판사와 미팅하던 날 대표님이 저한테 묻더라고요. 원고에 옛날 여자친구 얘기가 왜 이렇게 많으냐고요.

무라카미 하루키가 자전적인 연애소설을 쓴다고 독자가 하루키의 아내를 걱정하진 않잖아요. 나름 작가 정신을 가지고 썼습니다, 라고 했는데 저한테는 뭐랄까. 뭔가 살풀이하는 느낌이랄까. 글을 쓰고 훅훅 털고 가야 하는 느낌? 뭐, 그런 거 같아요. 사랑에 실패했다는 건 어떻게 보면 아픈 과거잖아요. 때로 글을 쓴다는 건 가슴 저미는 과거를 들추는 일이니까요.

작가님이 저에게 댓글 달아주셨던 글 중에 그런 글도 있었죠. 경주에서 대학 다니던 여자친구와의 장거리 연애 스토리요. 작가님이 그 글을 보고 아무런 거부감 없이 글이 좋다고 해주셔서 얼마나 좋았는지 몰라요.

어떤 글인지 기억나시죠? 경주 다니던 운동권 학생의 이야기. 좋아하던 곡을 CD에 담아 저에게 주었고 그 안에는 꽃다지의 〈전화카드 한 장〉이 있었다는 이야기요. 장거리 연애하면서 전화로는 다 전할 수 없는 그런 이야기들이 있었다는 글이요.

글은 쓸 때만 내 것이고, 어딘가로 발행하거나 내 손에서 떠나보내고 나면, 오롯이 읽는 사람의 몫이라는 생각이 들었어요. 원고에 헤어진 여자친구 얘기가 많아서 그런가. 출판사에서 좋은 피드백을 주는 사람은 어쩐지 남성 편집자가 많아요. 여성 편집자가 보면 거부감이 드는 원고일 수도 있을까요? 그렇지는 않겠죠?

편집자 남녀 성비를 보면 여성이 훨씬 많다고 하더라고요. 제임스 미치너의 『소설』 속 소설가는 자신의 편집자를 '구원의 천사'라고 불렀는데, 이런 식으로 가다가는 저는 구원의 천사가 아니라 '구원의 털북숭이', '구원의 아저씨'를 만날 거 같아요.

일단 구원을 좀 받으면 좋겠는데요.

## 8월 6일

작가님. 『체공녀 강주룡』 읽으셨군요. 인터넷 서점에서 봤는데 표지가 인상적인 책이었어요. 은유 작가가 페이스북에 프리다 칼로 그림이랑 같이 올려놓고는 표지 그림이 프리다 칼로와 맞먹는 눈빛이라고 글 쓴 적도 있어요.

대체 어떤 글이기에 작가님을 울린 건가요? 미리보기로 슬쩍 보았는데, 을밀대에서 고공 농성을 한 여성 노동자 이야기군요. 을밀대 하면 평양냉면 집으로만 알고 있었는데, 이런 이야기가 있었네요. 책에는 생경한 북한 사투리도 많이 나오더라고요. 이런 사투리 표현을 위해서는 자료 조사하는 데 많은 시간을 보냈겠죠? 저는 글 쓰면서 자료를 막 찾아보는 타입은 아니거든요. 작가 지망생으로 조금 게으른 걸까요?

아, 작가님 요즘 슬럼프라면서 글 쓰신 거 봤어요. 친구도 별로 없고, 성격도 까다롭고, 손도 야무지지 않고, 미모도 없는 배은영 작가. 작가님의 모든 글을 좋아하지만, 이 글에는 반대를 해야겠어요.

작가님은요.

친구가 별로 없다지만, 저랑은 랜선 친구라서.
성격은 까다롭다지만, 제 글은 좋아해주셔서.
야무진 손은 아니라지만, 필력은 또 대단한 것이어서.
미모는 없다지만, 제가 보기엔 미모도 훌륭해서.

작가님이 아무리 슬럼프에 빠졌다고 해도, 제가 작가님을 걱정하고 살지는 못하겠네요. 저는 작가님 걱정이 전혀 안 돼요. 그러니까 뭐든 잘하실 거예요. 슬럼프도 금방 이겨내실 테니까, 너무 스트레스 받지 마세요.

내일이 벌써 입추라는데 아직은 더워요. 서울은 비가 내렸어요. 내일도 비가 내리면 정말 가을이 올까요. 곧 쌀쌀해지고 조금은 서글픈 계절이 올까요?

그렇다 하더라도 올해는 여름이 빨리 갔으면 좋겠어요.
덥기도 너무 덥고요. 지치기도 하고요.

너무 더운 여름이었어요.

8월
9일

편백나무로 방을 꾸미셨군요. 편백나무 좋아요. 키즈 카페 가면 완전 어린애들 노는 편백나무 쌓인 방에 둘째랑 같이 들어가서 놀곤 하거든요. 만지면 기분 좋아지는 나무. 저는 아직 재력가가 아니라서 편백나무를 집에 들이지는 못하고 있어요. 하하.

가끔 아이들하고 키즈 카페에 가거든요. 방방이라고 하잖아요. 트렘폴린? 아이들이 그 위에서 뛰어노는 거 보고 있으면 저도 같이 뛰어놀고 싶어요. 10대에는 스무 살이 되면 어른이 될 줄 알았고, 20대에는 서른 살이 되면 어른이 될 줄 알았어요. 30대에는 결혼하고 아이가 생기면 어른이 될 줄 알았는데 저는 여전히 철들지 않은 거 같아요. 저랑 댓글 주고받으면 제 나이보다 어리게 느껴지신다고 하셨잖아요? 철들지 않아서 그런 걸까 싶어요. 나중에 실제로 만나게 된다면 저는 영락없는 아저씨일 텐데 어쩌죠.

요즘에는 글 고치면서 여기저기 투고하고 있는데요. 전과 달리 인정사정없이 비굴 모드에 들어갔어요. 전에는 원고 자체로 평가받고 싶어서 메일 보낼 때 인사말 쓰고 검토 부탁드린다고만 했거든요. 요즘엔 출판사 몇 군데서 미팅과 계약 제안을 받기도 했다는 내용을 적어서 보내요. 비굴해졌어요. 그래도 뻥은 아니니까 괜찮겠죠?

그래서 그런지 전에는 반려 메일도 시원시원하게 왔는데 요즘은 그런 메일도 잘 안 와요. 어떤 출판사는 저번 주 내로 검토하고 연락 준다고 했는데 아직 연락 없고, 어떤 출판사는 늦어도 영업일 기준 7일 이내에 회신해준다고 했는데 영업일 기준 열흘이 넘어가도 무소식이에요. 늦게까지 연락이 없는 게 좋은 건지 나쁜 건지 모르겠어요. 원고 검토해보고 시장조사도 해보고 있어서 늦어지는 걸까 망상하기도 하는데. 뭐, 출판사 직원이 휴가 떠난 건지도 모르죠.

요즘에는 출판사 볼 때 배본이 얼마나 되는지 찾아보고 있어요. 영풍, 교보는 사이트에 재고 수량이 나오더라고요. 신간이 나오면 책이 어느 정도로 풀리는지 궁금하더라고요. 근데 책은 진짜 모르는 거 같아요. 마케터가 아무리 열심히 다녀도 서점에서 받아주지 않으면 재고는 물류 창고에만 있을 테고. 어느 출판사에서 나오든 베스트셀러가 되는 책은 정말 모르겠어요.

베스트셀러를 읽어봐도 그게 좋은 책인지도 모르겠고요.

얼마 전 서점에 갔을 때 오래된 정치인이 쓴 책이 나온 걸 봤어요. 저런 책은 얼마나 팔릴까 하고 찾아봤더니 서점마다 재고가 엄청 빵빵하더라고요. 책은 정말 어디서 어떻게 팔리는 걸까요.

작가님 책 주요 독자는 청소년인가요? 고교생 아들을 키우는 주부인가요? 어디서든, 누구에게든 꾸준히 팔리니 4쇄를 찍었겠죠? 40쇄가 아닌 것은 유감이지만, 4쇄도 대단해요. 제가 가지고 있는 작가님 책은 2쇄예요. 옛날에는 책 좋아하는 사람들이 초판에 매달리는 거 보고 책이 뭐 다 책이지, 초판, 재판이 무슨 상관이야 싶었거든요. 요즘에는 초판을 보면 좋겠다는 생각이 들어요. 저도 점점 책이 좋아지는 사람이 된 걸까요?

배경지식이 부족한 인간이라 가끔 띄어쓰기 헷갈릴 땐 막 붙여 써요. 어릴 때 가장 헷갈렸던 것 중 하나가 '프리마 돈나'였어요. 당연히 프리 마돈나인 줄 알았는데, 프리마 돈나라고 해서 충격 받았었죠. 원어가 이탈리아어래요. 'Prima Donna' 오페라에서 제1의 여인이라는 뜻이라나. 이렇게 헷갈린 건 다 뮤지션 마돈나 때문이에요. 고백하자면 며칠 전 프리다 칼로도 그랬습니다. 저만 그런 건 아니겠죠?

## 8월 10일

누나가 추천해주신 임승수 작가의 『삶은 어떻게 책이 되는가』는 이미 읽었어요. 많은 글쓰기 관련 책에서 이 책을 추천했거든요. 인터넷에서 봤던 당시 권미경 편집자 인터뷰도 이 책에 실려 있더라고요. 임승수 작가 책을 추천했던 책은 정상태의 『출판사에서 내 책 내는 법 : 투고의 왕도』였어요. 유유출판사에서 나온 책. 출간 목표로 글쓰기 하면서 유유출판사 책을 많이 봤거든요.

그런데 임승수 작가 책에는 신변 에세이를 약간 무시하는 듯한 문장이 있어서 그 부분 보면서 조금 뭐랄까, 기분 나빴어요! 에세이는 별로, 인문서가 최고! 이런 마인드였나 싶었죠. 결론은 컨셉을 잘 잡아야 한다는 거였어요. 누군가에게 꼭 필요한 글이라면 팔릴 거라는 내용이었어요. 글쓰기 관련해서 적잖게 도움이 됐던 책이에요. 한빛비즈에서 나온 책. 여기도 투고하긴 했어요. 가끔 에세이도 내더라고요.

저도 사실 오글거리는 에세이는 잘 안 읽어요. 에세이를 쓰다보니 에세이를 찾아 읽긴 하는데 아직은 소설이 더 좋아요. 아! 제가 아예 안 보는 책이 또 있어요. 책 표지나 띠지에 저자 얼굴이 크게 박혀 있는 책이요. 얼마 만에 얼마 벌었다! 하는 성공담 가득한 책 있잖아요. 저는 그런 책은 안 읽어요. 그런 책도 분명 팔리니까 계속 나오는 거겠죠?

누나가 투고했던 원고는 여러 출판사에서 컨택받으셨다고 하셨죠? 그 이야기가 재미있었어요. 표지에 큰아이 사진을 넣어야 출간 가능하다고 했다던 출판사. 되게 큰 출판사였잖아요? 누나는 아이에게 먼저 의견을 구하고 결국 계약하지 않으셨죠. 되게 큰 용기라는 생각이 들었어요. 저라면 아이를 막 꼬드겨서 어떻게든 출간했을 거 같기도 하고요. 누나 책은 어디서 나오든 좋았을 거예요. 글이 좋으니까요.

투고하다 보면 출판업계는 진짜 좁은 거 같아요. 관심 가는 출판사가 생기면 발행인 페이스북에 가서 봐요. 대표자가 어떤 생각을 갖고 사는 사람인지 궁금하잖아요. 그렇게 페이스북 찾아 들어가 보면 사람들이 서로 연결되어 있어요. 어제 투고했던 한 출판사 대표는 마케터 출신이에요. 여러 출판사에서 마케팅 업무를 보다가 4년 전에 1인 출판사를 세웠대요. 그런데 이분이 근무했던 출판사가 아로새김출판사예요.

아로새김출판사는 저에게 처음 계약을 제안했던 출판사잖아요. 여기 마케팅팀이 시장조사해보고 계약이 안 됐던 건데, 이곳 마케터 출신 출판사에 다시 투고한 거예요. 오늘 아로새김출판사 대표님이랑 메일을 주고받았는데 믿을 만한 출판사래요. 당신 회사에 마케터로 있던 사람인데 똑똑하고 좋은 사람이래요. 출판업계가 좁아서 그렇겠지만, 인연이라는 게 돌고 도는 거 같아요.

요즘에 온라인에는 글 잘 안 쓰고 있어요. 누나에게 길게 글 쓰는 거는 나름의 글쓰기 연습이에요. 나중에 누나랑 대꾸 에세이도 써야 하니까!

오늘은 일이 있어서 퇴근이 좀 늦어요.
누나! 주말 잘 보내세요.

## 8월 16일

'향하면 빗나간다.'라는 말 들어보셨어요? 이게 누군가의 명언인지, 아니면 아주 오래전부터 내려오는 관용어인지는 모르겠는데요. 아로새김출판사 대표님이 자주 쓰는 표현이에요. 가끔 아로새김출판사 블로그에 가서 대표님이 쓰시는 글을 보거든요. 글이 재미있어요.

새로 출간한 책의 판매가 예상보다 적을 때 쓰시기도 하고, 때로는 새로 나온 책을 홍보할 때 쓰시기도 하고요. 대표님이 출판계를 조금 염세적이고 냉소적인 시선으로 보시는 거 같아요. 저한테 계약 이야기하실 때도 출판사에서 제공하는 광고는 독자들이 거부하는 경향이 있다면서, 요즘엔 저자 SNS가 중요하다고 하셨거든요.

오늘도 블로그에 가봤더니 이 표현을 쓰셨더라고요. '향하면 빗나간다.' 생각해보니까 이 표현 되게 슬픈 거 같아요. 삶이 그렇잖아요. 향하는 것은 빗나가기 십상이고, 전혀 예상치 않았던 부분에서 성공의 길로 향하기도 하니까요.

꼭 일에서만 그런 것도 아니고요. 누군가를 향하는 마음이 가닿지 못하고 빗나가기 시작하면 그때는 '짝사랑'이나 '외사랑'이 되곤 하잖아요. 이승환 좋아하신다고 하셨죠? 저도 좋아해요. 이승환, 최근에 나온 곡들보다 예전 곡들을 더 좋아하긴 하지만요.

이승환 곡 중에 〈너를 향한 마음〉이라는 곡도 그렇잖아요. 헤어진 연인을 향한 마음을 노래하는 곡. 어릴 때 이 곡 들을 때면 좀 촌스럽다고 느꼈거든요. 촌스러움은 세월이 흘러 낭만이 되곤 하는 거 같아요. 저는 요새 들어 이 곡이 참 좋아요. 이제 다시 볼 수 없을 90년대 풍경이 떠오르기도 하고요.

곡은 좋은데 뒷이야기는 조금 씁쓸하기도 하더라고요. 이 곡, 어수은이라는 사람이 작사, 작곡했는데요. 옛날에는 저작권이 지금처럼 제대로 자리잡지 못했던 시대라서 계약이 좀 이상하게 되었나 봐요. 훗날 어수은이 저작권 관련 소송을 걸었다고 하더라고요. 곡이 갖고 있는 낭만과는 별개로 곡을 둘러싼 이야기는 그리 아름답지 않아서 조금 안타까웠어요.

출판사에 글을 보내는 일도 마찬가지겠죠? 출판사를 향해 원고를 던지는 일도 대부분 빗나가잖아요. 역시 향하면 빗나가는 걸까요? 오늘 외근 나갔다가 종일 이승환 노래를 들었어요.

비록 향하는 것이 아무리 빗나가더라도…
그래도 무언가를 향하는 그 마음만큼은 아름답겠죠?

오늘 말복인데 삼계탕 드셨어요? 저녁 든든하게 드세요!

## 8월 23일

지금 쓰고 계신 책 다 되면 보내주세요. 보내주시면 거절 안 하고 받겠어요. 주소는 다 쓰실 때쯤 쓰윽 넘겨드릴게요. 아, 그때는 사인도 해서 같이 보내주세요. 꼭이요.

저는 요즘 편집자들이 쓴 책들 보고 있어요. 시공사 편집자였던 김은경 작가가 쓴 『에세이를 써보고 싶으세요?』라는 책 읽었고, 오늘은 청림출판 양춘미 편집자가 쓴 『출판사 에디터가 알려주는 책쓰기 기술』 주문했어요. 윤종신이 음악 에세이를 내서 그것도 같이 주문했고요. 양춘미 편집자는 '봄쌀'이라는 필명으로 더 유명하대요. 블로그에 가봤는데 도움이 되는 글이 많더라고요. 이런 편집자가 책 쓰기 관련 책을 냈으니 읽어보면 도움이 많이 되겠죠?

책 쓰기 관련 책. 사실 그만 보고 싶어요. 좋아하는 소설 잔뜩 사서 읽고 싶은데 그래도 에디터가 쓴 책 보면 도움이 조금씩은 되니까. 에디터는 어떤 생각을 갖고 사나 궁금하니까.

『에세이를 써보고 싶으세요?』를 낸 출판사에서 랜선 백일장 대회를 열어서 응모도 해봤어요. 여기저기 어디든 글을 보내보면 도움이 될 누구든 연이 닿을 수 있겠죠. 『에세이를 써보고 싶으세요?』는 호우출판사에서 나왔는데 이제 두 종의 책을 낸 신생 출판사예요. 투고도 했는데 당분간은 출간 계획이 다 잡혀 있고, 에세이를 낼 계획이 없대요. 에세이 작문 책을 냈는데 에세이는 내지 않겠다니, 처음에는 그저 거절의 문장으로 받아들였거든요. 나중에서야 에세이와 에세이 작문 책은 성격이 다르다는 생각이 들었어요. 출판사의 출간 종수가 늘어나면, 다음에 다시 보내봐야죠.

연락 준다던 출판사에서는 아직도 소식이 없어요. 면밀히 검토 후 연락 주겠다는 출판사, 금주 내로 검토 후 연락 주겠다는 출판사, 7일 내로 연락 주겠다는 출판사. 이상하리만큼 긴 시간 동안 연락이 없어서 반려에는 메일을 안 주나 보다 생각하고 있어요.

오늘 강동지님 베트남 출장에서 돌아오시는 날이죠? 태풍이 와서 비행기가 뜰지 모르겠네요. 서울은 비가 오락가락해요. 군산도 곧 태풍 영향권이라는데 비 피해 없기를요. 군산 댁에도, 주변에도.

## 8월 29일

누나! 많이 바쁘신 건가요? 별일이 있는 건 아니겠지요? 블로그도 인스타도 페북도 소식이 없으니 걱정, 궁금. 무소식이 희소식이라 믿어요. 사실 제가 쓴 글에 누나가 반응이 없으면 조금 초조해져요. 저라는 존재가 귀찮게 여겨질까 봐요. 제가 좀 소심하죠? 8월 안에 마칠 계획이라던 원고 때문에 바쁘겠거니 생각하고 있을게요.

오늘 한 출판사에서 연락이 왔어요. 투고하다 보니 재미난 일을 종종 겪어요. 여기 출판사 대표님은 예전에 홍대에서 밴드하던 사람이에요. 보컬이었고요. 제가 좋아하는 뮤지션이었는데 음악 활동이 짧아서 궁금했거든요. 알아보니 귀향해서 출판사를 차렸지 뭐예요.
그래서 투고할 때 투고 내용과는 별개로 팬심을 막 드러냈어요. 8월 1일에 투고했는데 오늘 답장이 왔으니 한 달 만에 온 거예요. 자기 음악 얘기해줘서 너무 반갑고, 고맙고, 글도 재미있대요. 자기도 아이를 키우면서 공감이 많이 갔대요. 올해 말까지 출간 계획이 빽빽해서 내년에 출간해도 괜찮으냐는 메일이에요. 내년 초에 다시 얘기를 나누자는 메일.
내년 초 창작 지원금 등 제도적 지원을 받을 방법을 찾아서 양

질의 책을 내면 좋겠대요. 저는 이게 원고 채택 메일인지, 원고 홀딩 메일인지 조금 헷갈려요. 아직 답장은 안 했어요. 뭐라고 답장을 해야 할지 조금 생각해보고 메일 쓰려고요. 올해가 끝나려면 아직 넉 달이 남았고, 원고를 5~6개월 미루는 건데 그때까지 저는 뭘 하고 있어야 할지 고민이 되기도 하고요.

투고해서 출간한 사람들 후기 보면 원고 채택 두세 달 만에 책이 뚝딱 나오기도 하더라고요. 일 잘하는 출판사는 출간 계획이 다 잡혀 있어서 원고가 뒤로 밀리는 게 당연하다고 듣기도 했어요. 출판사마다 사정이 조금씩 다르겠죠. 출간 시기는 늦어져도 상관없어요. 그사이 다른 출판사에서 또 연락이 온다면 얘기는 달라지겠지만요. 제 글을 꼼꼼하게 다듬어줄 출판사와 편집자를 만나는 게 소망이니까요.

아, 출판사는 부산에 있어요. 참 멀죠? 저는 부산에 연고가 없어서 한 번도 안 가봤어요. 부산에 갈 일이 생길지도 모르겠네요.

오늘 최백호가 부른 〈부산에 가면〉을 들었어요.

9월
5일

밥은 적게 드시는 거 같은데 마늘을 많이 드시네요. 거의 고기 한 점에 마늘 한 쪽이네요? 단군신화에서는 곰이 마늘과 쑥을 먹고는 웅녀가 되잖아요. 저는 요즘 사람답게 못 살고 있는 거 같은데, 마늘을 좀 먹어볼까요? 마늘 안 먹어도 원고가 채택되면 사람처럼 살 수 있을 거 같은데요.

어제는 퇴근길에 슈퍼에 들렀는데 대파랑 양파 가격이 너무 비싸서 안 샀어요. 채소 값 폭등! 이런 기사를 체감했어요. 물가가 엄청 올랐어요. 슬퍼. 요즘 집에서 요리하는 재미에 빠졌거든요. 요리라고 해봐야 그냥 채소 다듬어서 팬에 볶아 먹는 정도예요.

저는 음식이라곤 라면밖에 할 줄 아는 게 없었거든요. 이건 분명 누나가 쓴 책 영향이 큰 거 같아요. 누나가 쓴 책을 읽다 보면 요리해보고 싶다는 생각이 들거든요. 하나의 책은 이렇게 사람을 변하게 하나 봐요.

혹시 배우 김갑수 좋아하세요? 전 싫어했어요. 어릴 때 좋아하던 외모의 배우가 강수연이랑 〈금홍아금홍아〉 나왔던 이지은.

그런데 김갑수는 강수연과도 베드신을 찍었고, 이지은하고도 베드신을 찍었죠. 그래서 어릴 때 그냥 싫었어요. 좀 유치하죠?

김갑수가 호감으로 돌아섰던 건 TV 예능에 나왔을 때예요. 김갑수 아저씨는 밥 먹을 때 항상 음악을 듣는다고 했어요. 그때 호감으로 돌아섰어요. 저는 음악 좋아하는 사람에겐 호감을 느껴요. 나이보다 젊게 사는 모습이 보기 좋았어요.

저도 애들 키우고 밥 먹을 때 꼭 음악 틀어놓고 먹어야지, 했는데 현실에서는 그러질 못하고 있어요. 음악은커녕 애들이 밥 안 먹으면 고성이 오가는 식탁이에요. 애들 밥 먹기 싫어할 때는 그냥 굶겨보려고도 했는데 아내 마음은 또 그렇질 않아서 이것 때문에 다툰 적도 있어요. 언제쯤 우리 집 식탁에서도 고상하게 음악 들으면서 밥 먹을 수 있을까 싶어요.

얼마 전에 양춘미 편집자가 쓴 책 사서 읽었다고 했잖아요. 오늘 양춘미 편집자 블로그에서 얘기를 좀 나눴어요. 편집자와 이야기 나누는 게 즐거워요. 양춘미 편집자가 있는 출판사는 장르별로 투고 메일 계정이 다르더라고요. 편집자님이 개인 계정을 알려주셨어요. 글을 한번 보내보래요. 보내봐야죠. 손해 볼 건 없으니까.

9월
6일

노트북 생기신 거 축하드려요! 강동지님 카드로 노트북 가방 사신 거도 축하! 노트북이 생겼으니 글쓰기 시간이 조금 더 늘어날까요? 이제 오래된 노트북이 고장 날까 봐 불안에 떠는 날들은 없겠네요. 다행이에요.

쓰신 동화, 책으로 나오면 알려주세요. 사서 둘째 읽어줄 거예요. 서점에는 안 나온다던 군산 여행 책자도 나오면 보내주세요. 누나가 응모한다던 공모전 사이트에 가봤어요. 여성들 글만 받는 공모전이네요? 기성 작가 당선은 사전 배제라고 나오는데 출간물이 있어도 상관없는 거예요? '등단'의 의미가 조금 헷갈리기도 하네요.

전에 저보고 원고의 챕터를 나누라고 했던 붉은열매출판사 대표님이 메일을 보내주셨어요. 경기도 작가 공모전이 있으니 참가해보라고요. 근데 전 서울 사람이잖아요. 경기도 사람으로 착각하셨나 봐요. 공모전 참여한다고 위장 전입을 할 수는 없으니까요. 잊지 않고 저한테 이런 제안 주신 것만으로도 고맙다고 했어요. 조금 아쉬운 기회. 아, 난 왜 경기도 사람이 아닌 것인가.

저는 학창 시절에 백일장 같은 거 나가본 적이 없어요. 그때는 수기로 글을 써야 할 때잖아요. 워낙 악필이라 글짓기 대회 같은 거 생각도 못 하고 살았어요. 가끔은 제가 쓴 글을 제가 못 알아볼 때도 있다니까요. 그래서 전 타이핑이 너무 고마워요. 타이핑할 수 없는 시대였다면 글쓰기 생각은 전혀 못 하고 살았을 거예요.

요즘에는 출판사 투고 말고도 여기저기 글을 보내볼까 싶어요. 『에세이를 써보고 싶으세요?』 출간한 호우출판사에서 랜선 백일장 대회 열어서 거기 참여했다고 말했었죠? 「민트색 가름끈」이라는 글을 써서 보냈거든요. 이효석의 『메밀꽃 필 무렵』에 대한 글이었어요. 한 출판사에서 이효석의 글을 모아서 냈는데 그 책의 가름끈이 민트색이었거든요.

1등 하면 블루투스 키보드를 준다기에 한번 쓱쓱 써본 거예요. 응모작은 얼마 없었어요. 서른 편 정도 됐나 봐요. 1등은 블루투스 키보드 주고, 여섯 명은 카카오톡 이모티콘을 줬는데요. 저는 여섯 명 안에 들어서 이모티콘 받았어요. 카톡에 이모티콘 처음 깔아봤어요. 서른 중에 일곱 뽑은 거라 큰 의미는 없죠. 키보드가 목표였는데 실패! 그냥 "당신 글은 아주 엉망은 아니니까 당분간 글을 계속 써봐도 되겠어요. 토닥토닥." 정도의 의미로 생각하고 있어요. 아, 혹시 그 글 보셨나요? 여기에도 한번 올려볼게요.

민트색 가름끈

서점에 들렀다가 민트색 가름끈을 가진 책을 만났다. 요즘에는 책에 가름끈을 다는 일이 많이 줄었다고 하던데 단단하게 매인 민트색의 가름끈이 참 예뻐서 그길로 책을 들고 왔다. 이효석의 글을 모아놓은 책이었다.

내가 이효석의 글을 처음 본 것은 학창 시절 교과서를 통해서였다. 김동인이나 김유정, 현진건의 단편소설도 좋았고 피천득의 수필도 좋았지만 누구보다도 이효석의 글이 좋았던 까닭은 다른 이에게서 느낄 수 없던 아름다움이 그의 글에선 존재했기 때문이다.

이효석의 글에서는 내가 살아보지 못한 시골의 자연미가 넘치고 있었다. 글 속 인물들이 천천히 산허리를 넘어가듯 이야기 또한 그렇게 유유히 흐르는 글이었다. 주인공이 달밤 아래에서의 사랑을 이야기할 때는 보름의 은은함이 피어나는 듯했으며, 주인공과 그 주변인의 관계를 그린 복선과 암시는 내게 어서 이야기의 낭만적인 결말을 확인하라는 듯 달게 채근하기도 했다. 글의 풍광은 향기로웠고 그 향기로움은 이효석이 빚어낸 단어와 어휘로 살아 숨 쉬고 있었다.

그렇게 이효석은 내 마음속에 가장 좋아하는 단편소설의 작가가 되었다. 기회가 되면 그가 쓴 다른 작품들도 꼭 읽어봐야지 생각했는데 학창을 떠난 지 20여 년이 지나서도 행동으로 옮기지 못하다가 민트색 가름끈이 눈에 띈 덕에 작품집을 들고 온 것이다. 책의 표지는 그의 대표작과 관련된 꽃밭 사진에 가름끈과 같은 민트색이 어우러져 있었다.

단편소설과 콩트, 수필로 이루어진 모음집에서 그의 대표단편을 가장 먼저 읽었다. 학창 시절 몇 번이고 읽었던 그의 단편. 오랜 시간이 지났어도 이효석의 글은 여전히 달빛의 은은함을 품고 있었고 글의 배경이 된 길 또한 아름다움을 간직하고 있었다. 그의 대표작을 읽고 차례대로 다른 작품들을 읽어나갔다.

서점에 들렀다가 민트색 가름끈을 가진 이효석의 책을 들고 왔다. 다만 민트색 가름끈만큼은 그의 대표 단편 첫 장에 걸어두기로 했다. 언제든 서정적인 그의 글을 열어보기 위함이다. 청초한 민트색 가름끈에서는 어쩐지 메밀향이 나는 듯하다.

## 9월 7일

일본 여행은 언제 가시는 거예요? 요즘 일본은 태풍 때문에 난리던데 여행 가실 때쯤은 날이 좋아지겠죠.

저는 이번 주 일요일에 괌에 가요. 부모님과 형네 가족이랑 함께 떠나는 여행이에요. 예전에 괌에 한번 가볼까 하고 여행 책을 샀는데 괌은 관광지보다 휴양지더라고요. 스노클링 같은 물놀이하기 좋은 곳 같아요. 저는 걸으면서 보는 걸 좋아해서 "여기 진짜 뭐 할 거 없네!" 했던 곳이에요. 부모님과 같이 가는 여행이니까 휴양지도 나쁘진 않겠죠.

둘째는 비행기 처음 타는 거예요. 저는 서른 돼서 신혼여행 때 처음 비행기를 탔는데요. 그때 아내가 "비행기 탈 때 신발 벗는 거 알지?" 하고 놀리기도 했어요. 요즘 학생들은 수학여행으로 제주도에도 간다 하더라고요. 저는 수학여행 가장 멀리 간 게 경주였었나.

괌까지는 네 시간 넘게 비행한대요. 둘째가 안 울고 잘 날아가 주면 좋겠어요. 둘째에게 줄 스티커랑 클레이도 미리 많이 사 놨어요. 다녀올게요.

## 9월 13일

누나. 괌에 다녀왔어요. 즐거웠어요. 새로 오픈했다는 인천공항 2터미널도 처음 가봤고요. 비행기도 연착 없이 잘 갔어요. 괌 공항에서 내려 차를 타고 호텔 들어가는데 택시 기사분이 곧 태풍 온다고, 잠들지 말고 놀라더라고요. 첫날은 날이 좋아서 농담이겠거니 했는데, 둘째 날부터 어마어마하게 날씨가 안 좋았어요. 괌에서는 수년 만에 온 큰 태풍이었대요.

고작 3박 4일 일정이었는데 하루는 아무것도 못 하고 호텔 방에만 있었어요. 컵라면 끓여 먹고 했는데도 묶여 있다고 생각하니 배가 고프더라고요. 아이들은 침대에 뛰놀면서 좋아했는데 저는 좀 아쉬웠죠. 호텔에서는 방을 빼놓고는 비행기를 타지 못한 손님들에게 간단한 저녁을 제공하기도 했어요. 난민촌이 따로 없었다니까요.

다음 날 태풍이 잠잠해지고 시내에 나가보니 나무도 뽑혀 있고, 가로등도 쓰러져 있었고요. 유리창이 깨진 건물도 좀 보였어요. 사실 조금 무서웠어요. 괌은 건물들이 다 낮더라고요. 프리미엄이라는 이름이 붙은 아울렛도 2층이 다예요. 크지가 않았어요.

날씨 때문에 하루를 날려 먹으니까 계획대로 못 움직였어요. 괌은 미국령이 되기 전에 오랜 시간 스페인 식민지였대요. 그래서 스페인풍의 공원도 있다고 하더라고요. 거기에 가보고 싶었는데 못 갔어요. 언제 또 괌에 가볼 수 있을지 모르겠는데.

그래도 태풍이 오던 날 빼고는 즐겁게 돌아다녔어요. 작가 지망생이라 그런 것은 아니겠지만, 새로운 걸 보는 게 좋아요. 맛은 없었지만 괌에서만 나온다던 망고 맛의 맥주도 경험했고요. 머물렀던 호텔 근처의 어떤 클럽 이름은 'Romeo And Juliet'이었어요. 클럽 이름이 로미오와 줄리엣이라니, 클럽 사장이 문학을 좋아하는 걸까요? 마이크로네시아라는 쇼핑몰 안에는 서점도 있었는데요. 서점 이름이 베스트셀러Bestseller였어요. 서점 이름이 참 직관적이죠?

다행히 둘째는 비행기 안에서 잘 버텨줬어요. 잠도 잘 자고, 먹는 것도 수월했어요. 날씨가 좋을 때 괌의 바다는 에메랄드빛이었어요. 바다 색깔이 참 예뻤어요. 저는 수영을 못 해요. 바닷물에는 발만 담그고 나왔어요. 오랜만에 글쓰기는 잊고 여행 다녀온 거예요.

음. 사실 가서도 메일은 확인했어요. 태풍이 와도 와이파이는 잘 터지더라고요. 혹시 출판사에서 연락이 오는 게 있을까 싶어서 메일은 계속 확인했죠.

없었어요.

10월
15일

일본 여행은 잘 다녀오셨어요? 되게 오랜만에 작가님께 글 써요. 오사카와 교토만 다녀오신 거예요? 인스타그램에 사진이 많이 올라오길 기다리고 있었어요. 저는 고베도 가실 줄 알았어요. 저는 고베가 좋았거든요.

고베에는 예쁜 카페가 많았고, 소고기도 맛있었어요. 고베규가 유명하잖아요? 하루키도 이 동네를 막 거닐고 그랬겠지, 하면서 다녔어요. 고시엔 야구장도 구경하고요. 한때 지진으로 망가진 도시가 맞나, 싶을 정도로 거리가 예쁘던걸요.

오사카랑 교토에서만 일주일 보냈어도 좋았을 거 같긴 해요. 가을의 청수사 풍경은 분명 아름다웠을 테고요. 저는 여름에 갔거든요. 온통 푸른빛의 청수사는 싱그러웠지만 더웠어요.

공모전은 응모하신 거죠? 다음 주 월요일 결과 발표네요. 좋은 결과 있기를요.

음… 작가님.

사실은 오늘 꿈을 꿨어요. 꿈에 작가님이 나왔어요. 요즘 작가님이 일본에서 찍은 사진을 많이 올려서 그런 건가 싶어요. 아파트가 아니라 2층짜리 목조 건물에 계시던데요? 창이 되게 넓고 안이 환히 밝았어요. 저는 아래서 바라봤는데 집 안이 훤히 다 보였어요. 작가님 아이들도 보였고요. 아이들은 밥을 먹고 있고, 작가님은 책을 읽고 계셨어요. 왁자지껄하면서도 되게 밝고, 기분 좋은 풍경이었어요.

그렇게 한참 보다가 시간이 좀 흘러서 작가님이 아래로 내려와서 또 책을 읽더라고요. 목조 건물 앞에는 냇물이 흐르고 있었고, 그 냇물 가에 이어진 계단에 걸터앉아서 책을 보고 계시던데요? 계단은 겨우 두 사람이 앉을 만한 폭이었는데, 제가 작가님 옆에 가서 털썩 앉은 거죠.

꿈에서 우리는 처음 만나는 거였어요. 실제로도 우리는 만나지 못했잖아요. 그런데 저를 보시고는 아무 말 없이 웃어주시던데요? 마치 알고 지낸 지 되게 오래된 누나처럼요. 실제로 목소리와 말투를 들어보지 못해선지 꿈에서 아무 말도 없이 그냥 웃어주시길래 어깨에 잠시 기댔어요.

좀 징그러울까요? 눈물이 났어요. 실제로는 안 울었어요. 꿈에서 조금 울었어요. 작가님한테 기대서 울었어요. 막 따뜻하기도 했고요. 요즘 어딘가 기대고 싶었나 봐요.

투고는… 잘 안 돼요. 사실은 글쓰기 동력을 조금 잃어가는 거 같아요. 요즘은 글쓰기보다 그냥 재밌어 보이는 책 사서 읽고 있어요.

여기에 글은 오랜만에 쓰지만, 글은 항상 다 봐요. 여기에 올라오는 글도, 페북에 올라오는 글도, 인스타에 올라오는 사진들도. 한길문고에서 집으로 돌아가는 길에 〈Vincent〉 두 번 들으셨다는 글도 봤어요. 〈Vincent〉 노래 좋죠? 저는 듣고서 많이 울었죠.

부정적이고 우울한 기분을 전달하려고 글 쓴 건 아니에요. 꿈에 나오셔서 알려드리고 싶었어요. 제 꿈에 나와서.

제출하신 공모전은 잘되실 거예요. 집이 정말 환하고 밝았으니까요. 오래 머물고 싶었다던 긴카쿠지는 은각사인가요? 그럼 목표하신 은상을 받으시려나. 킨카쿠지 금각사였다면 금상?
사실은 대상 받으시면 좋겠어요.

훗날 실제로 만나게 된다면 안 울고 같이 웃을 수 있기를요.

서울은 조금 추워졌어요.
환절기 감기 조심하시고요.

10월
21일

가끔 그런 생각이 들어요. 모두들 착각했던 게 아닐까. 제 글이 담담하면서도 애틋하고 울컥하는 게 있어서 구독 버튼을 눌렀다던 배은영 작가님의 생각, 집중해서 읽을 수밖에 없는 글이라던 아로새김 대표님의 생각, 독특한 원고라던 붉은열매출판사 대표님의 생각. 이 모든 게 착각이었던 게 아닐까 하는 저의 생각이요.

사실은 별 볼 일 없는 그저 그런 글인데, 모두들 생각의 핀트가 잠깐씩 엇나가는 바람에 내 글을 좋다고 착각했던 게 아닐까. 다들 잠시 눈이 흐려져서 내가 쓴 문장을 이해하지 못하고 더 좋은 문장으로 착각했던 게 아닐까.

착각이라는 단어는 참 서글프죠. 착각을 하면서 미래의 전개가 틀어지잖아요. 하려 했던 것이 착각임을 깨닫고는 다시 원래의 자리를 찾아 돌아가야 하니까요. 배은영 작가의 구독에 힘을 얻은 것도, 아로새김출판사의 계약 제안에 가슴이 부풀어 오른 것도, 독특한 원고라는 의견에 또다시 기대를 가진 것도. 결국은 모두 착각이었기 때문에 저는 다시 제자리에 머무르는 게 아닐까 싶었어요.

저도 크게 착각한 게 있어요. 글을 쓴다는 게, 책을 낸다는 게 참 고귀하고 아름다운 일이라고만 생각했거든요. 출판사에 글을 보내고 출판사 사람들이 하는 말을 들어보면 결국 책은 상품이라더군요. 구멍가게에서 돈을 주고 사는 껌과 다를 바 없는 상품이요. 출판사는 작가의 글을 사서, 그걸로 책을 만들어 팔고, 그렇게 출판사는 돌아가는 거겠죠. 책은 상품이다, 라는 이 쉽고 단순한 명제를 저는 너무 모르고 살아온 거 같아요. 그저 책과 책을 둘러싼 모든 게 아름답다는 착각을 하면서요.

결국 제 글은 상품의 가치가 없다는 얘기일 뿐인데.
지갑을 열어 돈을 꺼내 읽을 만한 가치가 없는 글이라는 얘기일 뿐인데.

배은영 누나. 배은영 작가님.
자꾸만 이런 글을 써서 미안해요. 지우진 않을게요.

내일 공모전 발표가 있는 거죠? 좋은 결과 있으실 거예요.

## 10월 22일

누나! 공모전 수상작에 내가 좋아하는 배은영 누나의 이름이 없다니. 에잇!
이건 아마도 누나가 쓰신 글이 출판사 단행본으로 출간되어 베스트셀러가 되기 위한 과정이 아닐까 하는 생각이 들었어요.
회사 근처에 가림막을 치고 큰 건물 공사를 하고 있는데요. 가림막에는 세계 명언 같은 문구가 적혀 있어서 오가면서 가끔 고개 들고 봐요.
'당신이 길을 잃은 것은 가야 할 길이 있기 때문이다.' 뭐 이런 문구도 있어요. 프랑스 속담이라나. 길치인 저는 이 문구를 보고서는 '개 풀 뜯어 먹네.' 생각했지만, 누나가 공모전에 이름을 올리지 못한 것은 더 나은 길이 있기 때문이다, 라는 생각이 드는 겁니다. 네네.

저는 토요일에 인천에 다녀왔어요. 인천 가서 호러 페스티벌도 보고, 뮤지컬 페스티벌도 봤고요. 나름 괜찮은 주말을 보냈어요. 잔디밭에 누워서 음악 듣고, 김밥 까먹고 했어요. 요 며칠 우울한 기분이었는데 전환하고 왔어요.

주말에 한 출판사 관련 뉴스가 나오더라고요. 가수들의 노랫

말을 책으로 엮었는데, 저작권료는 지급했지만 해당 가수들을 '저자'로 이름 올려 문제가 되었다는 얘기예요. 이 사건과는 다른 얘기지만, 제가 쓴 음악 에세이에는 대부분 가사가 나오거든요. 제가 쓴 글을 출간하게 되면 저작권료가 얼마나 들까 혼자 찾아보기도 했는데요. 전에는 허투루 봤을 만한 뉴스들도 출간 목표로 글을 쓰다 보니, 관심을 갖게 되네요. 이번 사건을 보면서 안 그래도 좁다는 음악 에세이 시장이 혹시 더 좁아지진 않을까, 하는 우려가 들기도 했어요. 저는 이미 길을 잃었는데 뒤에서 누가 벽담을 쌓는 기분. 누나. 누구든지 길을 잃는 것은 가야 할 길이 있기 때문일까요?! 누나도? 저도?

누나가 쓴 글을 다시 보고 있어요. 월명동 카페에서 알바를 한 J가 길을 잃고 해망굴 앞에서 엄마에게 전화했다는 글. 이 글 마지막 글귀는 '근사한 풍경은 당신이 길 잃고 헤매기를 기다린다.'예요. 잠시 길을 잃고 헤매면 그 앞에는 근사한 풍경이 나올까요? 누나도? 저도?
그렇다 하더라도 누나 이름이 공모전 수상작에 보였다면 좋았을 거예요. 막막 축하의 글을 쓰려고 했단 말이에요. 축하의 글은 잠시만 미루죠 뭐.

## 10월 24일

배 여사님! 귀빠진 날이라서 어머님에게 꽃바구니를 받으신 건가요? 축하를 드려야 하나. 생일이라고 하면 모두들 응당 축하를 드리니 저도 감축 드리옵니다! 용안을 뵙게 된다면 둘러앉아 같이 맥주 한잔하는 것도 좋겠지만, 저는 1년에 너덧 번 술을 마시지요. 오늘이 그날이옵니다.

저에겐 나름 슈퍼 갑인 사람을 만나 함께 저녁 식사를 하며 가볍게 술을 한잔 걸치는 것이지요. 슈퍼 갑은 저보다 나이 하나가 많은데, 갑을 관계를 떠나 이런저런 이야기를 주고받습니다. 그런데 오늘은 슈퍼 갑이 저에게 이런 조언을 하는 것 아니겠어요? 네가 이걸 이렇게, 이렇게 하면 그때는 결과가 틀려질 거라니까. 저는 그 말에 응하는 척 고개를 끄덕끄덕하면서도 마음속으로는 그때는 틀린 게 아니라 달라질 것이라고 말해야 하는데, 하는 멍청한 생각만 하고 있는 겁니다. 글을 쓸 게 아니라 편집자를 할 걸 그랬나 봐요. 음악 웹진에 글 쓸 때도 기획 기사만 썼으니까요. 나름 기획 잡는 것도 좋아하고 적성도 맞는 것 같아요. 적성을 너무 늦게 알아버렸네요.

편집자와 메일을 주고받으면 재미가 있지요. 편집자가 맞춤법

따박따박 맞추며 메일을 주면 보기만 해도 기분이 좋아집니다. 그 정갈한 문장에 감탄을 하는 것이지요. 그게 비록 반려 메일이라 해도요. 가끔은 저보다 편집자들이 훨씬 글을 잘 쓰는 게 아닐까 싶을 때도 있지요.

한 1인 출판사에서 나오는 책은 괜찮았던 거 같은데 투고는 안 했어요. 투고를 안 한 까닭이 무엇인고 하니, 그 출판사 대표는 SNS에 글을 쓸 때 '오랜만에'를 '오랫만에'라고 쓰는 거 아니겠어요? 아무리 개인 공간이라고 해도 신뢰가 안 가더군요. 오랜만에도 제대로 못 쓰는 대표라면 그 출판사 책도 엉망이겠거니 생각하며 투고를 미루었는데, 이곳에도 투고하였지요. 신뢰가지 않던 출판사에도 투고를 하고 있으니, 저에게 작가의 자존심 따위는 쓰레기통에 버려진 것일지도 모르겠군요. 아, 그러니까 저는 지금 몸속에 술이 조금 돌고 있어서 여기에 이런 글을 쓰고 있는 겁니다.

『한 줌의 모래』는 주문하셨나요? 출판사에 투고하면서 출간된 책을 알아보곤 해요. 거기서 맘에 드는 책이 있으면 사서 보고요. 『한 줌의 모래』도 그렇게 읽은 책이에요. 저는 요즘 이시카와 다쿠보쿠의 글만 읽고 있어요. 한국에 백석 시인 있잖아요. 백석이라는 이름에서 '석' 자가 이시카와 다쿠보쿠의 이름에서 따온 거래요. 백석도 이시카와 다쿠보쿠를 좋아했대요.

『한 줌의 모래』 서문 바로 다음에 이시카와 다쿠보쿠의 짧은 글이 나오는데, 저는 그 페이지조차 바로 넘기지를 못했지요. 크나큰 불운을 겪으면서도 먹고살자고 일을 해야만 하는 상황이 글로 쓰였는데 그 모습을 생각하니 가슴이 너무 아픈 것 아니겠어요? 100년 전에 살았던 사람이 100년 전에 겪었던 슬픔을 100년 전에 적은 글인데도 그렇더라고요.
이런 게 책의 힘일까요? 이런 게 글의 힘일까요? 이시카와 다쿠보쿠의 글을 읽으면서 좀 많이 울었어요. 단 세 줄의 문장으로 이루어진 글인데도 그 안에는 너무 많은 생각과 슬픔이 있었어요. 이시카와 다쿠보쿠는 살아생전 자신의 글이 이런 큰 힘을 발휘할지 알고 있었을까요?

저는 백석 시인의 시를 많이 읽어보진 않았어요. 다만 성북동에 있는 길상사에는 가보고 싶어요. 길상사에 가면 백석 시인의 기운을 좀 받을 수 있을까 싶어서요. 백석의 연인이었던 김영한이 고급 요정을 차렸는데 그게 나중에 길상사가 된 거래요.

취중에, 밤중에 글을 쓰고 그다음 날 읽어보면 부끄러움에 몸서리치는 일이 있죠. 오늘 이곳에 적는 글은 그 정도는 아니에요. 여기에 댓글 달고도 아, 지울까. 배 여사님이 아직 안 보신 거 같은데. 지울까 말까 어쩔까 고민했던 적도 종종 있기는 해요. 대부분은 우울한 에너지를 가지고 있는 글이지요. 나의 우울한 에너지를 배 여사님에게 전달할 수 없어! 하면서 삭제 버튼을 만지작만지작하는 것이지요.
그런데 지운 적 거의 없어요. 왜냐하면, 그때마다 배 여사님은 우울한 기운을 뻥뻥 걷어차고 힘이 돋는 에너지를 저에게 안겨주곤 하니까요.

배 여사님. 항상 감사드리옵니다.
그리고 생일. 생신이라고 해야 할까요? 축하드리옵니다.
제가 술을 많이 먹은 것은 절대 아니옵니다만.
그저 적당한 취기에서 나온 치기 어린 글이라고 여겨주세요.

# 10월
# 25일

글쎄요. 저는 이시카와 다쿠보쿠의 글이 왜 그렇게 좋을까요. 이시카와 다쿠보쿠의 많은 글이 저를 울리는데요. 『한 줌의 모래』를 낸 출판사 이름이 '필요한책'이에요. 저한테는 이시카와 다쿠보쿠의 책이 정말 필요한 책 같아요. 책은 단카집이라 세 줄짜리 짧은 글들 모음집이에요. 어제는 『한 줌의 모래』를 읽다가 이 글이 정말 서글프던데요.

> 아부하는 말 들으면
> 화가 나는 나의 마음은
> 스스로를 너무 잘 아는 게 슬퍼서지

저는 직장생활을 하다 보니까 가끔은 갑이 되기도 하고, 을이 되기도 하죠. 돈을 지불하기도 하고 돈을 받기도 하는 생활이요. 제가 을일 때는 상관이 없는데요. 제가 갑이 될 때면 원치 않는 아부의 소리를 들을 때가 있어요.

어이쿠 과장님은 일을 잘하셔서, 과장님은 능력이 좋으셔서 뭐, 그런 소리들이요. 듣고 있으면 마음에 없는 소리라는 게 뻔히 보이거든요. 제가 자격지심이 있어서 그런 건지도 모르는데요. 저는 제 능력을 너무 잘 알고 있어서 그런 아부의 소리를 듣고 있으면 저 자신이 너무 부끄러워지는 거예요. 아니, 부끄럽다기보다 슬퍼지는 거죠. 나 자신의 못난 능력을 너무 잘 아니까. 제가 능력이 좋은 사람이었다면 아부의 소리를 들어도 그러려니 했을 거예요. 뭐, 비단 일뿐이겠어요. 글도 마찬가지죠. 1년 내내 출판사 한 곳 못 구하고 있잖아요.

이시카와 다쿠보쿠 일화를 찾아보니까 이건 뭐 처자식에겐 아주 나쁜 한량이었어요. 월급을 받으면 그동안 가불받았던 빚을 다 갚고 남은 돈으로 유곽이나 어슬렁거렸대요. 고작 스물여섯에 빚만 잔뜩 남기고 죽은 거죠. 전형적인 민폐의 삶이요.

이시카와 다쿠보쿠가 지인에게 돈 빌려달라는 편지를 그렇게 많이 썼대요. 그런데 그 내용이 워낙 구구절절해서 돈을 빌려주지 않고는 못 배길 정도였다나요? 돈 빌려달라는 내용을 대체 어떻게 쓴 걸까요.

월급날 돈을 다 써버리고 마는 이 대책 없는 자유로움이 저는 사랑스러웠어요. 그리고 슬프기도 했고요. 아무리 한량이었어도 이시카와 다쿠보쿠도 분명 치열하게 삶을 살기도 했던 거 같아요. 『한 줌의 모래』 서문 다음 페이지에는 이시카와 다쿠보쿠의 죽은 아들에 대한 이야기가 나오거든요.

가집의 원고를 책방에 넘긴 것은 아들이 태어난 아침이었고, 가집의 원고료는 아들의 약값이 되었고, 가집의 견본쇄를 교열한 날은 아들을 화장한 날 밤이었다는 내용이에요.

저는 이 페이지를 오랫동안 넘기지 못했어요. 어휴. 집에서 아내 옆에서 이 페이지를 읽는데 눈물이 나려 해서 꾹꾹 참았다니까요. 아들을 화장한 날 밤에도 이시카와 다쿠보쿠는 자신의 원고를 손보고 있었던 거죠.

글 따위가 뭐라고.
책 따위가 뭐라고.

아들을 화장한 그날에요.

저는 이시카와 다쿠보쿠의 글이 좋아요.

## 10월 26일

이시카와 다쿠보쿠의 이야기를 조금 더 해볼까요?

저라는 인간은 의존명사 같다고 얘기한 적이 있었죠. 살면서 누군가에게 자꾸만 의존하는 나약한 인간이요. 사실 살면서 쓸데없는 걱정을 많이 하면서 살거든요. 일어나지 않은 일들을 걱정하며 살아요. 이런 걱정이 며칠간 머릿속에 떠나지 않을 때는 당장 정신과 치료라도 받아야 하는 걸까 싶을 때도 있어요. 그런데 크게 불편한 것은 아니라서 아직은 그냥저냥 살아가고 있어요. 바쁘게 지내다 보면 그런 걱정들은 정말 쓸데없었다는 듯이 머릿속에서 사라져버리니까요.

제가 어릴 때 가난하고, 심지어 대문도 없는 집에 살았다고 했었죠. 그래도 그때의 기억은 선명한 색상으로 남아 있거든요. 영삼유치원이란 곳에 다녔어요. 나중에 엄마가 얘기해주셨는데 영세민 유치원이었대요. 영삼이란 이름도 영세민에서 따온 것일지도 모르죠. 그런 거 꿈에도 모르고 다녔거든요. 그때 정말 가난하긴 했나 봐요.

유치원에서 잘하면 상을 주잖아요. 무슨 일이었는지 제가 상을 받았는데요. 원래는 파란색 남아용 실내화 가방을 받았어야 했는데, 파란색이 다 떨어진 바람에 여아용 핑크색 실내화 가방을 받은 거예요. 저는 그 핑크색 실내화 가방이 어쩐지 부끄러워서 그걸 들고는 울면서 집에 뛰어간 일이 기억에 남아요. 그래도 그때의 핑크색이 선명하게 남아 있거든요. 매주 동네에서 불량의 장난감을 나누어주던 아저씨의 하얀색 트럭도 선명하고요. 박스 공장에서 미끄럼틀이 되어주었던 누리끼리한 종이 박스들도 선명하게 남아 있어요. 비록 가난했지만, 걱정을 모르고 살던 즐거운 시절이에요.

걱정이라는 건 나이를 먹어가면서 생기더군요. 시간이 조금 흘러 초등학생이 되어서는 저는 저 자신을 걱정하며 살았어요. 초등학교 2학년 때였나. 이상하게도 그 시절의 기억은 온통 흑백이에요. 아무것도 모르던 유치원생과는 달리 걱정이 생겨난 시절이었죠. 그때의 기억은 정말 세상이 까만색과 흰색으로만 존재하던 시절이에요. 그 시절 저는 잠들기를 두려워했어요. 그 당시엔 인신매매나 유아 유괴 사건이 많았거든요. 잠들기 전에 다음 날 내가 누군가의 손에 유괴를 당하면 어쩌지, 하는 걱정에 잠을 못 이루었어요. 한참을 두려움에 울면서 잠이 들었죠.

어느 날 엄마 손을 잡고 지하철을 탄 일이 있는데요. 맹인으로 보이는 한 아저씨가 제 또래의 어린아이를 앞에 세우고는 바구니에 돈을 구걸하던 일이 있었어요. 그때 뉴스에서는 그런 이야기들이 자주 나왔거든요. 어린아이들을 유괴해서는 앵벌이를 시킨다는 내용이요. 저는 지하철에서 무서움에 엄마 손을 꼭 잡아야만 했어요. 그리고 앵벌이를 하는 제 또래 아이의 사연을 생각했죠. 부모님의 사랑을 받고 자라야 할 아이인데, 분명 나와 비슷한 나이의 아이인데, 앵벌이를 하고 있는 그 어린아이의 사연을요. 그때 그 앵벌이를 하던 아이는 이제 저와 같은 성인이 되었을 텐데, 어느 하늘 아래에서 무슨 일을 하며 살고 있을까 하는 생각을 문득 하죠. 저는 어릴 때 저에게도 그런 일이 닥칠까 봐 두려워했어요.

그렇게 어린 시절 저 자신을 걱정하며 살던 제가 나이가 들고서는 또 다른 걱정이 생기더군요. 부모님의 부재요. 어느 날 엄마가 사라지면 어쩌지, 아버지가 사라지면 어쩌지, 하는 걱정이 생기더군요. 누군가의 죽음을 미리 걱정하는 일이 얼마나 괴로운지, 그리고 그 괴로운 일을 매일같이 떠올리는 일이 얼마나 끔찍한지 아실까요? 부모님의 부재를 두려워하는 일은 성인이 되어서도, 그리고 결혼하고서도 사라지지 않더군요. 현재까지도요.

결혼을 하고 아이가 생기고서는 그 걱정의 대상이 또 다른 곳으로 옮겨 가더군요. 아니, 옮겨 가는 것이 아니라 걱정할 것들이 점점 늘어난다고 말하는 것이 맞겠군요. 아이들이 쑥쑥 커가는 걸 보면서, 그만큼 늙어버리고 마는 부모님을 보면서 저의 걱정은 자꾸만 몸집을 키워나가죠.

제가 매일 아침 알약 두 개로 하루를 시작한다고 했었죠. 하루도 빼놓지 않고 평생을 먹어야 하는 약이요. 이시카와 다쿠보쿠가 쓴 글 중에는 그런 글도 있더군요. 지약을 먹듯이 죽음을 생각한다고요. '지약'은 늘 몸에 지니고 다니면서 먹는 약이라는 뜻이었어요. 이시카와 다쿠보쿠도 저처럼 늘 죽음을 생각했었는지도 모르겠군요.

세상에 잃을 게 없는 사람은 없을 거예요. 지켜야 할 것이 많은 사람은 그만큼의 걱정을 안고 살아야 할 테고요. 그런데 그런 걱정을 미리 사서 한다는 게 참 괴로운 일이죠. 저는 나약한 인간이에요. 주변에 존재하는 무언가에 의존하며 살아가죠. 부모님의 사랑을 받으며 자라왔고, 지금은 아이들의 존재에 감사해하면서도 무언가를 잃을까 봐 계속 걱정하며 살아가죠.

아내에게 이 괴로운 마음을 한번 털어놓은 적이 있어요. 일어나지 않은 일을 미리 걱정하는 삶이요. 이런 걱정에 많이 힘들고 괴로우면 정신과 치료를 받아보자고 하더군요. 걱정의 원인이 누군가의 부재라면, 그런 일이 실제로 일어나버린다면, 그럴 때면 제 걱정은 사라져버릴까요? 이런 생각을 하는 것이 너무나 힘들더군요.

이시카와 다쿠보쿠는 제가 걱정하는 그 부재를 일찍이 경험하고 그걸 글로 쓴 사람이란 생각이 들었어요. 아이의 죽음을 그저 『한 줌의 모래』라는 책으로 남긴 거죠. 저를 둘러싼, 누군가의 부재에 따른 걱정이 실제로 일어난다면, 저도 이시카와 다쿠보쿠처럼 글을 쓸 수 있을까요? 글을 쓰는 행위가 그만큼의 가치가 있는 일일까요?

글을 쓰는 행위는 참 묘한 일이죠. 사랑이란 단어만큼 묘한 것이 글을 쓰는 행위 같아요. 부모님의 부재를 걱정하는 일은, 부모님의 사랑이 있었기에 나오는 걱정이죠. 앵벌이를 하는 어린 아이를 지켜보던 제 옆에는 손을 잡아준 어머니가 있었어요. 어린 저를 지켜준 사람이 있었죠. 하지만 글을 쓰는 일은 옆에서 누군가 손 잡아주는 사람이 있을 수 없는 일이잖아요. 글을 쓰는 것은 누군가에게 의존하며 할 수 없는 일이에요.

바쁘게 살다 보면, 무언가에 몰두하다 보면 온갖 걱정이 사라져버려요. 백지 위에 글을 채워나갈 때 저는 아무런 걱정 없는 사람이 되곤 합니다. 요즘엔 글을 쓰는 행위가, 그 어떤 치료보다 제 영혼을 치유해주는 일처럼 느껴져요. 옆에서 손 잡아주는 사람 없이, 오로지 제 힘으로 무언가를 할 수 있는 일이요.

글을 쓰는 일은 어쩌면 나약한 제 자신을 구원하는 일인지도 모르겠네요.

## 10월
## 30일

어제는 회사 일로 지방에 다녀왔어요. 기차 타고 편도 두 시간 걸리는 곳이요. 왕복 네 시간 기차 탈 동안 읽으려고 서점에서 책을 사 들고 갔거든요. 제목만 보고 고른 책이에요. 필립 로스의 『울분』이라는 책이요. 그렇게 책을 들고 자리에 앉았는데 옆에 트레이닝복의 청년이 운동 가방을 내려놓고 앉는 거예요. 기차에서 혼자 앉아 가는 걸 좋아해서 일부러 역방향으로 자리를 잡은 건데 옆에 사람이 앉아서 좀 싫었어요.

근데 이 사람이 앉자마자 20분 넘게 통화를 하는 거예요. 그 조용한 기차 안에서요. 저기요. 죄송한데요. 그 입 좀 닥쳐주실래요? 하고 싶은 심정이었다니까요. 통화를 들어보니 그 청년은 아무래도 운동으로 대학이든 어디든 들어가려고 했던 거 같아요. 통화하는 상대에게 부상 때문에 면접조차 보질 못했다고 하더라고요. 아파서 뛸 수가 없었대요. 청와대에서 경호 시험을 보는 사람들도 체력 검사에서 만점을 받고는 100m 달리기가 느려 떨어진다는 얘길 했어요. 집에 내려가면 정형외과에 가볼 것이고, 이제는 운동이 아닌 공부를 하겠다고 했어요.

자신에게 일어난 일은 그저 불운이며, 앞으로의 일에 대한 액

땜이라면서요. 그렇게 오랜 통화를 마치고는 한숨을 푹푹 쉬더라고요. 긴 통화 끝에 한숨이라니. 참 성가신 사람이었어요.

"운동선수예요?" 물어보고 싶었는데, 그럴 수가 없었어요.

긴 한숨을 내뱉던 청년이 제 옆에서 소리 내서 울기 시작했거든요. 청년의 다리를 보니 테이핑이 덕지덕지 붙어 있었어요. 마음이 넓지 못한 저는 울고 있는 청춘 옆에서 그 어떤 위로도 해주질 못했어요. 손에는 그저 필립 로스의 『울분』을 들고서요.

불운한 청년과, 『울분』을 든 사람이 기차를 함께 탄 거예요.
불운과 울분은 어감이 참 비슷하죠?
그리고 지금 제게 남은 건 그저 이런 글 하나밖에 없네요.

5부
작가 지망

11월
1일

며칠 전에 누나 생일이었잖아요. 문득 궁금해졌어요. 누나의 20대와 30대, 혹은 10대의 삶이요. 우리가 좀더 어려서 서로를 알았더라면 어땠을까 싶어요. 가끔 그런 생각 들거든요. 우리가 아홉 살 차이 나는 게 왠지 좋다는 생각이요. 열 살 이상 차이가 났더라면 지금처럼 편하게 이야기하지 못했을 거 같아요.

음, 그러니까 제가 마흔 살이 되면 누나는 마흔아홉 살이 되잖아요. 단 1년이라도 나이 앞자리 수가 같은 해를 보낼 수 있는 게 좋겠더라고요. 같은 40대를 지낸다는 거. 물론 한 해가 지나면 저는 여전히 40대일 테고 누나는 50대가 되겠지만요. 제가 스물일 때 누나는 스물아홉이었을 테고, 제가 서른일 때 누나는 서른아홉이었겠죠. 10년 중에 1년은 나이 앞자리 수가 같은 거잖아요.

최근에 이시카와 다쿠보쿠의 글을 읽으면서 기형도 시인의 삶을 찾아보거든요. 저는 요절한 예술인들에 대한 어떤 로망 같은 게 있어요. 외국에는 '27Club'이라고 해서 스물일곱에 요절한 사람들을 기리는 것도 있어요. 제니스 조플린, 커트 코베인,

지미 헨드릭스, 짐 모리슨 같은 많은 뮤지션이 스물일곱에 세상을 등졌거든요. 저는 어렸을 때 예술적으로 무언가 큰 획을 긋는다면 스물일곱에 떠나도 좋겠다는 생각을 한 적이 있어요. 그러질 못했고 지금은 그저 건강하게 살고 싶어요. 어릴 때와 달리 지금은 지켜야 할 가족이 있으니까요.

기형도 시인도 요절했잖아요. 스물아홉에 떠났나. 종로의 한 심야극장에서 뇌졸중으로 떠났대요. 그런데 당시 종로 심야극장은 동성애자들이 모이는 장소였대요. 그래서 기형도가 동성애자가 아닌가 하는 루머도 있었고요. 사실 뇌졸중이 아닌 복상사가 사인이었다는 루머.

설령 그렇더라도 그게 무슨 상관있나 싶어요. 누나는 동성애에 대해 어떻게 생각해요? 음, 제 이야기를 좀 해드릴까요? 저는 지금의 아내를 만나기 전, 직전에 만났던 친구가 양성애자였어요. 그러니까 그 친구는 저를 만나기 전에 여성과 연애를 했어요. 저랑 그 친구는 6개월 정도의 짧은 만남을 가졌는데요. 헤어지고 나서 나중에 한 지인이 저한테 묻더라고요.

어떻게 그런 사람을 만날 수 있냐고요. 징그럽지 않으냐고. 그때 저는 이렇게 대답했던 거 같아요. 그저 사람이 사람을 좋아했던 일이었다고. 개인의 성적 취향이 무슨 상관이 있느냐고요. 기형도 시인이 동성애자든 이성애자든 그의 시를 읽는 데는 아무런 문제 없죠, 뭐.

아, 기형도 시인이 동성애자가 아니라는 반론이 있는데요. 기형도 시인이 살아생전 흠모했던 여성 소설가가 있대요. 강석경 소설가요. 기형도와 강석경은 아홉 살 차이거든요. 기형도 시인이 중앙일보에서 일할 때 선배 누군가가 기형도에게 그랬대요. 강석경과는 열 살이나 차이 나니 연애 상대로는 어렵지 않겠냐고.
그랬더니 기형도 시인이 버럭 화를 냈대요. "열 살은 무슨 열 살입니까, 아홉 살밖에 차이 안 나는데." 하면서요. 저 이 일화를 보면서 기형도 시인의 심정이 이해됐어요.

음. 결론은 저도 누나랑 아홉 살 차이 나는 게 왠지 좋다는 얘기.

## 11월 2일

얼마 전에 『좋은생각』에 글을 보낸 적이 있어요. 글이 채택된 건 아니에요. 그런데 원고 보냈다고 『좋은생각』 월간지랑 단행본 하나를 보내주셨어요. 엽서도 동봉됐는데요. 저를 '좋은님'이라고 부르네요. 언제든 나누고 싶은 이야기가 있으면 보내달래요. '좋은님'이라는 호칭도 맘에 들고요. 나누고 싶은 이야기를 보내달라는 이야기도 좋았어요.

김국환이 부른 노래 가사 중에 그런 거 있잖아요. 산다는 건 수지맞는 장사라고, 알몸으로 태어나서 옷 한 벌은 건졌다고. 짧은 글 하나 보냈다고 책도 받고 마음 따뜻한 엽서도 받으니까 그 노래 가사가 생각나더라고요. 글 쓰는 일도 수지맞는 일이니까. 요즘은 여기저기에 글을 보내보려고 해요.

『좋은생각』에서 보내준 단행본은 『어느새 조금씩』이라는 책인데요. 명언이 담긴 책이에요. 레프 톨스토이가 이런 말을 했대요.

> 너는 그르고 나는 옳다고 말하는 것은 사람이 사람에게 할 수 있는 말 중에 가장 잔인한 말이다.

출판사가 원고 투고자에게 반려하더라도 그 속에 '당신 글은 그르다.'라는 뜻이 포함된 건 아니겠죠? 그건 정말 잔인한 말이잖아요.

## 11월 3일

사무실에서 직원을 때렸다는 한 업체 회장의 폭행 동영상 뉴스 보셨죠? 으으. 끔찍하네요. 완전 갑질. 그런데 이 뉴스 처음 보도한 기자 이름이 낯익은 거예요. 셜록의 박상규 기자. 누구지, 누구지 생각했더니 작가님이 쓰신 『서울을 떠나는 삶을 권하다』에 나오는 분이잖아요.
서울 사대문 근처에서 일하다가 지리산으로 내려갔다고 하신 분이요. 최근 보도되는 뉴스를 보다가 다시 『서울을 떠나는 삶을 권하다』를 꺼내 읽었어요. 대단하신 분이랑 인터뷰하신 거네요.

저는 책에 등장하는 인물 이름을 잘 못 외우거든요. 그런데 박상규 기자님 이름 보고서는 어디선가 본 것 같다는 생각이 들었어요. 박상규 기자님 페이스북에 가서도 글을 읽어봤는데요. 이분 글도 되게 재밌게 잘 쓰시네요?

요 몇 년간 유독 갑질이 늘어난 거 같아요. 출판사랑 저자가 계약하게 되면 저자를 갑으로 두잖아요. 저는 한때 당연히 출판사가 갑이고, 저자는 을이라고 생각했거든요. 출판사에서 큰 돈을 투자해서 책을 내주는데 출판사가 갑이어야 하는 거 아닌가? 싶었던 거죠. 출간 계약하고 저자가 이상한 짓 하면 그 때는 갑질이 되는 거겠죠? 저는 갑질 안 하고 잘할 수 있는데. 정말 잘할 수 있는데. 저도 갑이 되고 싶어요. 출간 계약서에서의 갑이요. 저는 갑질 안 할 거예요.

11월
7일

누나도 혹시 어려운 작가의 글이 있어요? 저는 페터 한트케의 글이 어려워요. 예전에 서점에서 『페널티킥 앞에 선 골키퍼의 불안』이라는 책을 들고 온 적이 있거든요. 제목에 끌려서 샀던 책이에요. 얇은 책. 처음엔 축구 이야기인가 했죠.

책은 얇은데도 완독 세 번 시도했다가 세 번 다 실패했어요. 페터 한트케의 글을 읽으면 백 자 중에 스무 자만 머리에 들어오고 나머지는 머리에서 튕겨져 나가는 거예요. 저는 난독증 환자도 아닌데 문장 줄을 놓치고는 이게 대체 무슨 소리지, 싶은 글이었어요.

결국 완독을 포기하고 당분간 페터 한트케의 글은 읽지 않겠다고 생각했거든요. 얼마 전에 작가론에 관한 책을 찾다가 『어느 작가의 오후』라는 책을 사서 보는데 또 글이 머리에 안 들어오는 거예요. 그제야 작가 이름을 봤더니 어김없이 페터 한트케. 이 정도면 페터 한트케랑 저는 정말 안 맞는 거 같죠?

『어느 작가의 오후』도 결국 완독을 못 했어요. 그런데 딱 한 페이지만 접어두었어요. 전체적인 글은 소화가 안 됐는데 그 페이지의 문장만큼은 좋았거든요.

「공허, 나의 기본 원칙. 공허, 나의 애인.」

저는 공허한 느낌의 글과 음악을 좋아해요. 공허한 작품은 좋아도 삶이 공허해지는 것은 싫은데요. 요즘 조금 공허한 기분이 드네요.

오늘 입동이래요. 겨울이에요. 조금은 공허한 계절이 와버렸어요.

11월
8일

남대전고등학교에 강의하고 오셨군요. 대전에서 군산 가는 막차는 되게 일찍 끊기네요? 군산이 촌이라서 그런 건가요? 하하. 자기 전화번호를 입력하고 '후배 작가'로 저장했다는 학생 에피소드가 좋았어요. 되게 당돌한 고교생 같다는 생각도 들었고요. 그 학생은 든든한 기분이 들었을 거 같아요. 후배 작가라니. 그래서 제 전화번호는요. 010.4333. 하하하.

저는 제 앞에 좋아하는 작가가 있어도 전화기 줘보세요! 제 전화번호 입력해드릴게요! 못할 거 같아요. 고교생일 때 이미 작가가 되겠다는 꿈을 가진 것도 부러웠어요. 저도 고교생일 때 꿈이 있긴 했지만, 그게 작가는 아니었으니까요.

내일 작가와의 만남 스무 명은 채워졌나요? 군산이 아니라 경기도 정도만 됐어도 갔을 거 같아요. 꼭 신청 안 하더라도 서점에서 하시는 거니까 몰래몰래 쓰윽 가서 책 구경하는 척 어깨 너머로 훔쳐보다 나왔을 거예요. 내일 무사히 작가와의 만남 이루시길 바랄게요.

저는 일단 좀 유명해져야겠다는 생각이 들었어요. 암만 생각해도 출판사에서 음악 에세이는 안 내줄 거 같다는 생각이 드는 거예요. 지금까지 썼던 글에서 음악을 다 빼볼까 하는 생각도 잠시 했는데 그건 또 싫고요. 음악 에세이 원고는 잠시 묵혀두고 다른 글을 써볼까 해요.

한 달 뒤면 신춘문예 시즌이니깐 단편 소설을 한번 써볼까 하는 생각이 드는 거죠. 보통 원고지 80매 내외로 요구하던데 시간은 충분하지 않을까 하면서요. 오늘 한번 끄적거려 봤는데 25매 정도는 나오던데요.
와. 하루 25매면 사흘이면 단편 하나는 되겠네, 싶은 거예요. 근데 또 신춘문예는 메일로 원고 접수 안 받고 출력해서 봉투에다가 빨간 글씨로 '신춘문예 원고 공모' 써서 제출하래요. 뭐야 귀찮아. 우체국 직원이 분명 쳐다보겠지. 얘가 글 쓰는 사람이었어? 하면서. 그런 생각이 드니까 부끄러워지는 거죠. 부끄러워하면 안 되는데. 그렇잖아요. 글 쓰는 게 부끄러우면 안 되는데.

누군가 작가님 책을 보고서는 글 쓰고 싶은 마음이 생겼다고 하셨죠. 그래서 이번 작가와의 만남도 열리는 거고요. 저는 작가님 책을 보면서 글 쓰고 싶다, 라는 생각은 안 들고 부러웠죠. 글 잘 쓴다. 재미있고 감동적이다. 그런 생각. 이미 그때 글은 쓰고 있었으니까요. 그런데 왜 시간이 지날수록 글 쓰는 게 부끄러워지나 뭐, 그런 생각이 드는 거죠.

요즘에는 음악 없이 글을 써보려고 해요. 그냥 일상 수필이라면, 음악 없이 쓰더라도 뭐 쓰는 거야 쓸 수 있지 않겠나 하면서요. 어제는 잠실에 들러 〈태양의 서커스〉를 보고 와서 길게 후기를 썼더니 댓글도 좀 달리더라고요. 음악 없는 글을 쓰는데도 오히려 사람들은 더 관심 있게 봐주는 거 같았어요.

이번 생은 일찍이 유명해지긴 글렀고, 지금 당장 유명해질 방법도 딱히 없으니, 역시나 글이나 써서 이런 사람은 이런 글을 쓰는구나 하는 입소문만 기다릴 수밖에 없어요.

아, 서커스 관람 후기에서 "호남의 한 지역에서는 '척추 접어불랑게' 욕을 하지 않던가. 허리가 휙휙 꺾이고도 웃음을 잃지 않는 기예 여성들에게 그런 욕설은 소용이 없겠다는 생각이 들었다." 하는 문장은 누나와 주고받던 댓글을 생각하며 썼어요. 서커스 단원들은 정말 척추가 없는 것처럼 유연하게 몸을 꺾더라고요. 누나는 제가 글 쓰는 데 정말 상당한 영향력을 끼치고 있습니다. 네네. 그런데 정말 누나가 있는 동네에서는 "척추 접어불랑게"라는 욕을 하나요?

신춘문예 말고도 여러 공모전이 있으니 글을 보내봐야죠. 혹시 아나요? 군산 에이스 배은영 작가처럼 공모전에서 상 받고 책 나올지.

2주 전에 한 출판사에서 답장이 왔어요. 출간 기획서도 체계적이고, 이미 집필이 끝난 원고인 거 같아 반갑다고 했어요. 음악 좋아하는 편집자로서 재미있게 검토하겠다며, 2주 정도 검토 시간을 갖고 답장을 주겠다고 했거든요. 이제 막 책 두 종 낸 신생 출판사예요.

저는 사실 옆에서 누가 가르쳐주는 사람도 없고 책 보고 인터넷 찾아보고 작성한 거라서 출간 기획서가 제대로 된 건지 아닌지도 몰랐는데 일단 체계적이라고 하니 기분은 또 좋고 기분이 좋으니 또 기대는 하게 되고. 그렇게 2주가 지났는데 가타부

타 말이 없으니 이거이거 은근히 편집자가 장고의 시간을 갖는 게 아닌가 싶은 거죠.

아, 그나저나 여기에 작가님이 쓰신 글. 침수 피해 받은 한길문고에서 사람들이 발 벗고 팔 걷고 도와주는 광경은 너무 아름다워요. 제일 마지막 사진에 전 부치시는 분. 가슴팍에 오렌지색 옷 입으신 분 강동지님이시죠? 하하하! 서점에서도 음식을 하시다니!

『한 줌의 모래』는 읽어보셨나요? 저는 다른 책 사서 보다가도 『한 줌의 모래』를 다시 읽어보곤 해요. 요즘은 김금희 작가의 『나는 그것에 대해 아주 오랫동안 생각해』 읽어요. 마음산책에서 나온 책. 제목이 좋아서 샀어요. 사람들이 글을 짧게 쓰라고 하잖아요. 불필요한 형용사 빼라고요. 그런데 이 책 제목에는 불필요한 단어들을 일부러 막 붙여 놓은 거 같았어요. 그것, 대해, 아주, 오랫동안 같은 말들이요. 문장이 어색하면서도 기억에 남았어요. 짧은 소설 모음집이라 금방금방 읽혀요. 김금희 작가 글은 처음 읽는 건데 재미있던데요. 아, 마음산책 출판사 이름이요. 마음+산책이 아니라 원래는 마음산+책이었대요. 알고 계셨어요?

인터넷 서점 알라딘에 매일 들어가요. 가서 출판사 정보도 보고, 새로 나오는 책도 보고요. 얼마 전에 나온 신간의 저자 이름이 배은영이에요. 물론 제가 알고 있는 배은영은 아니었죠. 작가님 동명의 작가들이 있잖아요. 은영이라는 이름에는 어떤 문인의 파워 같은 것이 들어 있는 게 아닐까 싶기도 했어요. 물론 제가 가장 좋아하는 은영은 군산의 배은영입니다만.

와. 오늘 글은 되게 길고 또 두서도 없고 그렇죠. 그냥 생각 없이 막 쓰다 보니 이래 됐어요. 그래도 배은영 누나는 이해해줄 거야, 싶은 마음에. 뭐 이해 안 해주더라도 어쩔 수 없지. 흥, 하는 마음에. 가까이에 살았더라면 내일 작가와의 만남에 참여했을 텐데, 싶은 마음에.

배은영 누나 얼굴 한번 보고 싶다… 하는 마음에.

내일은 금요일이고 그러면 또 주말.
누나 즐거운 주말 보내세요.

## 11월 10일

누나 전화번호 저장해놨어요. 보통은 전화번호 주소록에 그냥 이름만 입력을 하거든요. 누나는 '군산 배은영 작가'로 입력해 두었어요. 랜선 친구가 된 지 9개월 만에 전화번호를 땄네요! 당장 전화를 걸거나 하진 않을 거예요.

전화를 할 일이 있으면, 그때는 좋은 일로 연락드릴게요.

## 11월 19일

주말에 본가에 다녀왔어요. 차에서 이적 앨범을 들었거든요. 이적 다섯 번째 앨범이요. 〈고독의 의미〉라는 곡이 있는데요. 가사가 아주 진지하고 서글픈 곡이에요.
'그댄 아나요? 내 고독의 의미를' 하는 가사예요. 본가 가는 길에 차에서 이 곡이 나오는데 마음이 조금 센티멘탈해질랑 말랑 하고 있었거든요.
그때 옆에 앉아 있던 큰애가 "고독? 고독의 의미?" 하는 거예요. 그래서 아이한테 고독이 뭔지 아냐고 물었더니 뭐라고 했는지 아세요?

"응. 나 고독 알아. 요괴메카드에 고독 나와. 사실은 코독." 하면서 깔깔 웃더라니까요. 아, 요즘 아이가 빠져 사는 요괴메카드에 코독이라는 캐릭터가 있는데 개예요. 개. 멍멍이. 아들이 그러는데 어쩌겠어요. 센티멘탈해질랑 말랑 했던 제 마음은 그냥 말랑하기로 했죠. 아이들은 때로 우울한 음악을 들더라도 유쾌한 농담으로 치환할 수 있는 능력이 있는 거 같아요. 부러운 능력이죠.

애들 때문에 웃어요.

11월
22일

사진으로 봐선 누가 배은영 누나이고, 누가 중학생인지 알 수가 없군요. 요즘은 학생들 상대로 강의를 많이 하시는 거 같아서 보기 좋아요. 학생들도 너무 예쁘고요. 눈빛들이 초롱초롱 빛나는데요?

2주 동안 검토하고 답장 주겠다던 출판사가 답이 없어서 오늘 메일 보냈어요. 벌써 한 달이 됐거든요. 답장을 내놓아라! 반려하더라도 피드백을 내놓아라! 하고요. 메일 보내자마자 수신확인이 떴는데 아직 답은 없어요. 이게 30분 전에 있었던 일.

오늘 출근하는데 아는 형한테 카톡이 왔어요. 음악 웹진에서 글 쓰면서 만난 형인데 가끔 보거든요. 좋아하는 형. 아, 전에 한번 얘기했던 거 같은데 저를 감성 대마왕이라고 부르는 형이에요. 서상훈이라는 형인데요. 그 형 꿈에 제가 나왔대요. 꿈에서 제가 명작가 코스프레를 했대요.

작가면 작가지, 명작가는 또 뭘까 싶어요. 요즘 글을 쓰긴 하는데 명작가 코스프레를 했다고 하니, 때려치우라는 계시인가? 물었더니 저보고 부정적인 놈이래요. 일이 잘될 테니 저에게 연락을 해보라는 뜻으로 해몽했대요. 월요일에 점심때 만나서 순댓국 먹기로 했어요.

누나 공모전 안 됐다는 작품들은 신춘문예에 보내보는 게 어때요? 신춘문예 공모를 올해 처음 제대로 봤어요. 소설, 시, 시조, 동화, 동시 다양한 분야에서 응모 받으니까요. 누나는 알아서 잘하실 테지만.

한국경제에서는 수필도 모집한대요. 원고지 20매 분량 두 꼭지. 저는 한경에 글을 보내보려고요. 2주 동안 단편 두 편도 써봤어요. 70매, 75매. 그러니까 단편소설이요. 살면서 단편소설이라고 할 만한 걸 처음 끝내본 거 같아요. 글 고치고 있어요. 신춘문예에 던질지는 모르겠어요.

단편을 쓰다 보니 느낀 건데요. 저도 글 쓸 때 플롯이고 뭐고 없어요. 누나도 그렇다고 하셨죠? 결과도 생각 안 하고 시작했더니 자연스레 글 속에서 갈등도 생겨나고 전개도 피어나고 그래요.

최인호. 지금은 고인이 된 최인호는 그랬대요. 각각 다른 작품을 각각 다른 신문사에 네댓 개 던져보고 결과를 기다렸대요. 군대에서 훈련받다가 그중 하나가 입상했다는 소식을 들었대요. 그 모습을 상상했더니 되게 낭만적인 거예요. 멋있더라고요. 각각 다른 글을 각각 다른 신문사에 던진 게. 그런데 신춘문예라는 게 어차피 중복 투고는 안 되더라고요.

작년 경쟁률을 찾아봤는데 어떤 신문사는 단편소설이 300 : 1 정도였나. 생각보다 경쟁률이 엄청나게 센 건 아니었어요. 이거 해볼 만한 거 아닌가? 하는 생각.

얼마 전에 글을 하나 읽었는데, 글 쓰다가 주변 작가에게 피드백을 받아두면 좋다는 글이었어요. 저는 단편 쓰고서 누구 보여줄 일이 있다면, 그때는 배은영 누나한테 읽어봐달라고 부탁할 테니까 그렇게 알고 계시면 됩니다. 네네.

아무튼 요즘 계속 글 쓰고 있어요. 위에 말한 출판사에서는 아직 메일이 없어요.
이제 50분 전 이야기.

11월
22일

출판사에서 답장이 왔어요. 퇴근 직전에요. 답장이 늦어서 미안하다는 말. 결과는 반려. 출판사 대표가 두 명이에요. 편집 담당 대표와 마케팅 담당 대표. 저랑 메일 주고받은 사람은 편집 담당 대표였어요.

대표 두 분이서 대화를 했는데 원고 완성도가 좋대요. 하고 싶었대요. 그런데 원고가 일상 에세이, 음악 에세이 사이에 있어서 포지셔닝이 어렵대요. 이제 막 시작한 출판사라 현실적으로 어렵다는 얘기. 근데 되게 장문의 메일이 와서 반려지만 기분 좋았어요. 지금까지 출판사에서 받았던 메일 중에 가장 길었어요. 저도 답장을 보낼까 하다가, 안 썼거든요.

그렇게 반려 메일을 받고 퇴근 준비를 하는데 전화가 오는 거예요. 모르는 번호였거든요. 받아보니 저한테 메일 준 대표예요. 메일로만 전달하기에는 사무적인 느낌이 들어서 전화를 주셨대요. 저 정말 메일 읽고서 상처 안 받고 기분 괜찮았는데 걱정하셨나 봐요.

20분 넘게 통화했어요. 첫 책을 내고서는 출판사에 투고 원고가 많이 들어온대요. 여기서 처음으로 낸 책이 700페이지 책이었거든요. 저는 출판사 강단이 느껴져서 투고했던 건데 다른 사람들도 그랬나 봐요. 어떤 사람은 세계사를 정리한 3,000페이지 넘는 원고도 보냈대요. 그렇게 투고되는 원고의 90% 정도는 읽다가 버린대요. 대부분 문장이 엉망이라면서요. 제 글은 정말 하고 싶었대요.

그리고 제가 온라인에 올린 투고 경험기를 읽어보고는 다른 출판사도 비슷한 고민을 했던 거 같다고 하셨어요. 제 글을 찾아 읽어봤다는 데 감동 받았어요. 정말 제 글에 관심 있기는 했던 거 같아서요. 아주 큰 대형 출판사보다는 소규모의 1인 출판사를 노려보라는 얘기도 해줬어요. 음악 에세이 관련 저작권에 대해 궁금한 게 있었는데 거기에 대해서도 답을 주셨고요.

사실 통화하면서 몇 번이나 눈물 날 것 같았어요. 제 글이 좋다고 하셨어요. 요즘 서점에서 베스트셀러로 나가는 의미 없는 에세이보다 훨씬 삶이 잘 묻어난다고 했어요. 글의 관점이 따듯하고 섬세하게 파고드는 게 장점이라고 해주셨어요. 글의 연결도 무리 없이 부드럽대요. 이 통화를 하려고 오늘 아는 형

꿈에 제가 나왔을까요?

출판사 대표님은 계속 인연을 맺고 살고 싶대요. 비즈니스 관계로 발전은 못 했지만, 알고 지내고 싶다고 하셨어요. 다른 곳에서 출간하더라도 알고 지내고 싶고, 다른 원고를 쓰게 되면 그때 또 보내 달라고 하셨어요. 통화한 대표는 저보다 네 살이 많다는데 저에게 선생님, 작가님이라고 불러주었어요. 글 쓸 때 어떤 마음가짐으로 글 쓰는지 모르겠지만, 제 글에 확신을 가지래요. 자신감을 가지래요. 사실 제 글에 확신이 서지 않던 요즘이었잖아요.

저한테 계속 글을 쓰라고 하셨어요. 계속이요.

누나!
오늘은 기분이 괜찮네요.
이 정도면 아주 좋은 날이에요!
눈물 날 만큼 좋은 날이요!
글쓰기에 다시 용기를 얻은 날이요.

## 11월 23일

누나! 제가 생각을 좀 해봤는데요.

전부터 가지고 있던 생각이긴 한데, 어제 출판사 대표님과 통화하면서 또 생각한 거예요. 통화한 대표님은 제 글이 따듯하고 섬세하게 파고든다고 하셨잖아요. 그런데 제가 쓴 글 중에 조금 더 섬세하고, 조금 더 진심으로 쓴 글을 보면 누나에게 썼던 글이거든요. 때로는 누나라고 부르고, 때로는 작가님이라고 부르면서요. 때로는 우울하고 또 때로는 기분 좋아서 쓴 글.

단편 분량의 소설을 써보니까 또 막 써보고 싶은 욕심이 생기잖아요. 누나에게 썼던 글을 정리하면 단편 하나 분량은 나오지 않을까 싶은 거예요. 그래서 누나에게 썼던 글을 얼추 모아보니 이거는 단편이 아니라 장편이 나오는 거죠. 대충 모아봐도 원고지 600매 정도?

제가 가장 좋아하는 소설이 『새벽 세시, 바람이 부나요?』예요. 누나도 좋아하는 소설이라고 하셨죠. 우연히 메일을 주고받은 두 남녀의 이야기요. 투고하면서 누나와 나누었던 이야기들을 정리해보고 싶어요. 『새벽 세시, 바람이 부나요?』만큼 재미있을 거 같다는 생각이 들었어요. 저에게도 의미 있는 작업일 거 같고요.

괜찮을까요?
저, 이거 해도 좋을까요?
누나가 싫다면 안 할 거예요.

11월
25일

그럼, 해볼게요!

## 11월 27일

영화 〈보헤미안 랩소디〉 보셨어요? 재미있던가요? 저는 못 봤어요. 보고는 싶어요. 예전에 저한테 계약하자고 말씀하셨던 아로새김출판사 대표님이 퀸의 광팬이에요. 그냥 그렇다고요.

신춘문예에는 글 보내실 거예요? 앱 스토어에 '신춘문예'를 쳐보면 어플이 하나 나와요. 2010년부터 작년까지 수상작을 무료로 볼 수 있어요. 저는 이런 게 있는 줄 모르고 인터넷이랑 서점에서 수상작들을 찾아보곤 했어요. 역시 사람은 배워야 하나 봐요.

소설, 동화, 시 수상작을 읽어볼 수 있으니까 응모하실 때 도움이 되실 거 같아요. 저는 수상 소설 몇 편 읽어보고, 당선 소감이랑 당선평 읽어봤어요. 당선된 사람들의 기쁜 마음을 읽는 것도 좋았고요. 당선평에서 이런 부분을 염두에 두고 심사했구나, 확인할 수 있어서 좋았어요. 저는 오늘 신춘문예 보낼 글을 정리만 해두었어요. 우편번호 확인하고 주소만 파일에 정리해두고는 언제든지 뽑아서 부칠 수 있게요. 보내보려고요.

누나에게 썼던 글도 정리하고 있어요. 와. 갑자기 정리하고 다듬어야 할 글들이 늘어났어요. 누나에게 쓴 글은 원고지 600매 정도 되는데 700~800매 정도로 써볼까 싶어요. 시간 순으로 읽어보니까 제 감정은 시시각각 요동치고 있는데, 배은영 작가에 대한 마음은 '고마움' 하나로 표현할 수 있을 거 같아요.

저는 이 글을 다른 누군가가 읽는다면 에세이나 실용서보다는 소설로 읽히면 좋을 거 같아요. 날것 그대로의 에세이로 써도 좋기는 하겠지만 너무 개인적인 이야기가 될 것 같기도 하고요. 저는 아직 작가가 아니니까 실용서는 말도 안 되고요. 소설로 쓴다면 멘토와 멘티의 이야기가 될 수도 있겠죠? 출간 작가와 작가 지망생이 나누는 투고 이야기. 아직까지는 실패담이지만요. 괜찮지 않을까요? 음, 등장인물 사이에 로맨스가 없어서 재미가 없으려나요?
어쨌든 다 쓰고 나면 출판사에 던져보려고요. 투고하면서 따뜻한 글을 출간하는 출판사가 보이는 거 같아요. 그런 곳에 보내볼 거예요. 이 글, 정리가 다 되면 누나에게 메일 보내봐도 좋을까요? 이미 다 보셨던 내용이긴 하겠지만요.

## 11월 28일

어제는 영화 〈미드나잇 인 파리〉를 봤어요. 보셨어요? 우디 앨런 감독의 영화인데요. 주인공은 소설을 쓰는 사람이에요. 과거로 시간 여행을 하는 내용인데 거기서 헤밍웨이도 만나고, 피카소도 만나고, 스콧 피츠제럴드도 만나죠. 저 신혼여행을 파리로 다녀와서 되게 재밌게 본 영화인데, 어제 문득 또 보고 싶어서 본 거예요.

영화에서는 피츠제럴드가 주인공에게 헤밍웨이를 소개해주고요. 주인공은 자신의 소설 소재가 어떤지 헤밍웨이에게 묻거든요. 그때 헤밍웨이가 주인공에게 이런 말을 해요.

> "영 아닌 소재는 없소. 내용만 진실하다면. 또 문장이 간결하고 꾸밈없다면. 그리고 역경 속에서도 용기와 품위를 잃지 않는다면."

헤밍웨이가 실제로 이런 말을 했는지 모르겠지만요. 저 이 장면이 너무 좋았어요. 영 아닌 소재는 없다는 내용이요. 물론 내용이 진실되어야만 한다는 조건이 붙었지만요. 저는 출판 시장에서 좁다는 음악 에세이를 쓰고, 이제는 누나에게 썼던 글들을 모아서 원고를 정리하고 있죠. 분명 흔한 소재는 아닐 거라는 생각이 들었어요.

진실하다면. 그렇다면 소재는 상관이 없는 거겠죠?

아, 저 이 영화를 좋아하는 이유가 또 있어요. 영화에 카를라 브루니가 나오거든요. 프랑스 대통령이었던 사르코지의 부인이요. 카를라 브루니는 모델 출신이면서 뮤지션이기도 하거든요. 롤링 스톤스의 믹 재거와 에릭 클랩튼 등 많은 뮤지션과 만나기도 했던 사람이에요. 남성 편력이 좀 심했던 사람인데 프랑스 대통령과 결혼을 하더라고요.

저는 카를라 브루니의 목소리를 좋아해요. 제가 쓴 음악 에세이에 카를라 브루니에 대한 글도 있거든요. 카를라가 부른 곡 중에 〈Le Plus Beau Du Quartier〉라는 곡이 있는데요. 제목은 '동네에서 가장 멋진 사람' 정도로 해석되나 봐요. 이 곡 그런 내용이거든요. "내가 동네에서 제일 멋진 사람이야. 모두가 날 좋아해. 여자들은 질투하고, 남자들은 내 신발 끈에 목을 매려고 해." 가사가 되게 자신감 넘치죠? 실제로 이 곡 라이브 영상을 보면 되게 멋있어요. 라이브에서 카를라가 휘파람을 직접 불거든요. 그 휘파람 소리가 너무 매력 있어요. 저는 휘파람 잘 부는 사람 보면 부럽더라고요. 저는 휘파람 소리 잘 못 내요. 입을 오므리고 휘휘 소리를 내도 아무 소리도 안 나거든요.

출판사와 계약하게 된다면, 그때는 저절로 휘파람이 나올까요? 뭐, 그럴 리는 없겠죠.

## 11월 29일

누나가 쓴 동화는 신춘문예가 아니더라도 어디에서든 나오겠죠. 열세 명 중에 열하나가 재미있다고 했으니까요. 그럼 단행본으로 나오길 기다릴게요. 한국작가회의 활동보고서는 이름만 봐도 되게 번거로운 일 같은데요? 작가가 되면 그런 보고서를 써야 하는 거예요? 나중에 제가 작가가 되면 알려주세요.

누나는 스스로 냉혹한 사람이라고 했지만, 제가 알고 있는 배은영 누나는 '냉혹'과는 거리가 먼 사람이지요. 냉혹하다고 생각했다면 1년 내내 여기에 댓글 달진 못했을 거예요. 얼마나 귀찮겠어요. 맨날 투고하고 반려 메일 받은 애가 징징거리는 거 받아주는 일. 하지만 냉혹하지 않은 배은영 누나는 그때마다 따듯한 위로를 해주었으니 여기에 계속 글 쓰고 있는 거 아니겠어요?

제 학별에 대해 얘기한 적은 없었던 거 같은데 저도 어릴 때부터 정말 글을 써보고 싶긴 했나 봐요. 흔히 말하는 지잡대 문예창작과에 들어갔죠. 고등학생 때 공부를 어지간히 안 하고, 못 했어요. 시험 치면 언어영역만 점수 괜찮게 나왔거든요.

탤런트 이상윤 아세요? 요즘 예능 프로에 나와요. 걔가 친구예요. 중학교 3년 내내 같은 반이고 짝이어서 되게 친했어요. 제가 학창 시절을 보낸 여의도는 섬이라서 보통 같은 초, 중, 고를 나오거든요. 이상윤이 그랬어요. 저랑 같은 초, 중, 고. 상윤이는 서울대 물리학과 갔어요. 수능 점수가 얼마나 좋았겠어요? 그런데 언어영역은 상윤이보다 잘 나왔어요. 아, 친구 이름 팔아먹어서 자랑할 게 이런 거밖에 없어요.

암튼 그렇게 문창과 들어갔더니 면학 분위기가 엉망이에요. 학교도 후져서 주변에 술집 하나 있었거든요. 거기서 애들이랑 낮부터 술만 먹다가 1학기 다니고 그만뒀어요. 그때 교수가 제 수능 점수를 알고는 "자네 여기 왜 온 건가?" 했거든요. 서울에 있는 4년제 문창과나 국문과 들어가기엔 점수가 부족하고 다니던 학교에서는 점수가 높았나 봐요. 고등학생 때 공부 좀 할 걸 그랬나 봐요.

길지 않은 학교생활인데 기억에 남는 시간도 있어요. 시 창작 시간이었는데요. 교수가 비둘기를 시어로 던져주었거든요. 다른 학생들은 다들 평화의 상징이니 뭐니, 그런 시를 썼는데 저는 좀 다르게 썼어요. 비둘기를 가리켜 날아다니는 쥐새끼라고 썼거든요. 으으, 저는 비둘기 싫어하거든요. 요즘엔 사람 앞에서도 뒤뚱뒤뚱 걸어 다녀요. 교수가 시를 보고는 신선하다고 칭찬해주던데요? 초등학생 때는 시를 어떻게 써야 할지 몰라서 남의 글을 베껴 썼는데, 많이 발전했죠?

그때 학교 다니면서 받은 책들이 아직 책장에 있어요. 요즘에 글 쓰면서 한번 열어봤어요. 국내 고전 단편 해설. 뭐 그런 책이에요.

누나. 이메일 주소 계정 okbey1972 맞나요? 누나가 저한테 메일 주소를 알려준 적은 없어요. 전에 어디선가 봐둔 걸 혹시 몰라서 적어놨거든요.

제가 누나한테 썼던 글을 정리해서 출판사에 보내면 사람들이 재미있게 읽어줄까요? 저는 보면서 재미있어요. 저랑 누나만 재미있는 이야기일까 싶기도 하고요. 아, 장르는 역시 소설이 좋겠어요. 서간체 메타소설이 되겠군요!

## 11월 30일

누나. 아침에 우체국 가서 보내고 왔어요. 신춘문예요. 소설 두 편이랑 수필. 오늘은 월말이라 회사 일이 좀 바쁘거든요. 정신없어요. 결제도 해야 되고, 세금도 내야 되고, 세금계산서도 끊어야 하고. 월말이 제일 바빠요. 그래서 아침에 후딱 보내고 왔어요.

글 보낸 건 뭐, 되기야 하겠어요? 그냥 나중에 애들이 커서 신춘문예라는 단어가 나오면 아빠도 옛날에 저기 글 보내본 적 있다고 얘기할 수 있을 테니까. 10년 넘게 신춘문예에 매달린 문청들도 수두룩하다는데 저는 2주 만에 뚝딱 글 써서 보낸 거니까요. 제 글이 뽑히면 이건 정말 문단계의 이단아가 되는 거겠죠. 본심에는 열 편 정도 오르더라고요. 1등 할 거 아니면 본심에도 오르지 말고 예심에서 똑 떨어지면 좋겠다는 생각도 들고요. 본심에 올라가면 기대감 생기니까.
음, 마음에 없는 말이라는 게 너무 티나나요?

최민석 작가는 초단편 소설도 쓰고, 장편소설도 쓰고, 에세이도 쓰는데요. 최민석 작가는 에세이를 쓰기 위해서 소설을 쓴다고 글 쓴 적이 있어요. 저는 그 말이 무슨 얘긴지 이해를 못

했는데 조금은 알 것 같아요.
어쩌면 최민석 작가는 소설보다 에세이 쓰는 걸 더 좋아하면서도, 영향력을 키우기 위해 소설을 쓰는 게 아닐까 싶었어요.

무명의 글쟁이에게 출간 기회는 참 좁은 거 같아요. 요즘 출판사에서 찾는 작가라는 게 그렇더라고요. SNS에서 구독자가 많은 인플루언서. 기본적으로 홍보 루트가 넓은 사람이 유리하다는 얘기요. 오로지 글만 잘 쓰기보다는 개인의 영향력을 많이 보는 것 같았어요.

물론 등단 작가가 아닌 이상은 에세이보다 소설을 출간하는 게 더 어렵긴 하겠죠? 등단한 작가조차 책을 내지 못해서 마음고생한다는 얘기도 들었고요.

에세이든 소설이든 저도 최민석 작가처럼 많이 써보려고요. 이렇게 글 쓰다 보면 독자들이 생겨날 테고, 어떤 장르로 먼저 책이 나오든 출간할 수 있겠죠. 전에는 에세이만 파고들었는데, 이제 소설이라는 기회의 문도 열어보는 거예요. 아주 잠겨 있는 문은 아니니까, 닫아둘 필요는 없잖아요.

누나는 투고하고 출간으로 이어질 확률이 1%도 안 된다고 하셨잖아요. 저는 200군데 글 보내고 두 군데서 계약하자고 했었고, 또 몇 군데서는 계약하고 싶었다고 얘기했으니 저도 1%에 근접했던 거 아닌가 생각하면서 신문사에도 글을 던져보는 거죠. 누나가 쓴 출간 후기는 이제 진짜 100번 읽은 거 같아요.

어제는 누나한테 썼던 글 정리하면서 출간 기획서도 써봤어요. 유사 도서로 어떤 걸 넣어야 하나, 서간체 소설을 찾아봤죠. 가장 유명한 서간체 소설은 『젊은 베르테르의 슬픔』. 근데 『젊은 베르테르의 슬픔』을 유사도서로 넣을 순 없으니까요. 서간체 소설을 찾아봐도 작가 지망생이 작가에게 띄우는 글은 거의 없는 거 같아요. 박태순이라는 소설가가 쓴 글 중에 「작가지망」이라는 글이 있던데, 찾아보려 해도 잘 안 보여요. 읽어보고 싶은데. 서간체 소설이래요. 무엇보다 제목이 좋더라고요. 「작가지망」.

아! 다시 생각하니 가슴 떨리는 제목이에요. 작. 가. 지. 망.
저는 지망을 넘어서 이제는 갈망에 가까운 것 같아요. 작. 가. 갈. 망.

사진 찍을 일이 많이 생겨 옷을 새로 사셨다고요. 사진 찍으면 올려주세요.
보고 싶어요.

## 12월 3일

누나. 몇 해 전에 뮤지션 밥 딜런이 노벨문학상을 받은 적이 있잖아요. 그래서 찬반 이야기도 있었고요. 저는 그렇게 생각한 적은 있어요. 국내 이상문학상을 뮤지션까지 범위를 넓힌다면 밴드 넬에서 가사를 쓰는 김종완이 받아야 마땅하다는 생각이요.

저는 요즘 넬 음악을 들어요. 얼마 전에 새 앨범이 나왔거든요. 신곡으로만 앨범을 채운 건 아니에요. 신곡이랑 예전에 발표했던 곡들 새로 편곡해서 앨범을 낸 거예요. 거기엔 〈_〉(언더바)라는 곡이 있거든요. 원곡은 10년 전에 나왔는데 좀 독특한 곡이었어요.

그러니까 원곡에서는 보컬 피치를 잔뜩 올려서 발표했거든요. 들으면 사람 소리가 아니라 기계음처럼 들리는 곡이에요. 보컬 소리를 일부러 이렇게 만들어서 곡을 만드는 경우는 힙합에서는 흔해요. 하이 피치 작법이라고 부르기도 해요. 그런데 넬은 록밴드니까 이런 소리가 독특한 거죠.

그때 당시 넬은 가사가 너무 직설적이고 슬퍼서 이런 방식으로 곡을 냈다고 했거든요. 이번에 10년이 지나 곡을 새로 편곡해서 내놓은 건데 보컬 피치를 정상으로 내놨어요. 시간이 흐르고 이제는 직설적이고 슬픈 가사도 감내할 수 있게 된 걸까요?

제가 〈_〉에서 직설적이고 슬프다고 생각한 가사는 이거예요.

> 생각해보니 함께하고 있을 때도 우린 여전히 많이 외로웠죠.

누나도 혹시 이런 얘길 들어본 적 있어요? 그러니까 사랑하는 사람에게 함께하는 순간에도 외롭다는 얘기요. 사실 저는 종종 들어요. 그리고 저 또한 아내와 아이들이 함께하는데도 외롭다고 느낄 때가 있어요. 저 외로움 좀 많이 타거든요.

새벽 늦게 일을 마치고 집 앞에서 엘리베이터가 내려오는 그 적막한 시간에도 저는 외로움을 느끼고요. 전자레인지에 즉석밥을 돌리는 그 짧은 시간에도 저는 외로움을 느껴요. 만차가 된 주차장에서 주차할 공간을 찾아 돌아다니는 그 시간에도 저는 외로움을 느껴요. 그런데 이런 소소한 외로운 순간들을 모두 모아봐도 글을 쓰는 시간만큼 외롭지는 않아요.

엘리베이터는 곧 내려와서 저를 집으로 데려다 놓을 테고, 전자레인지에서는 곧 따듯한 밥이 나오죠. 주차장에서도 언젠가는 주차할 수 있는 공간이 생기고요. 그런데 글을 쓴다고 어떤 답이 바로 나오는 건 아니잖아요. 글을 쓰고 있으면 외롭다는 생각이 많이 들어요. 사랑하는 사람들이 곁에 있어도요.

이 외로움을 저만 갖고 살면 좋을 텐데, 아내도 저에게 이런 말을 해요. 저랑 같이 있어도 외롭대요. 아내가 하는 말이 어떤 의미인지 사실 알 거 같아요. 가끔 누나가 저한테 말씀하셨잖아요. 주말에 글이 쓰고 싶어서 손이 간질간질해도, 가슴이 울렁거려도 아내와 아이들과 즐거운 시간 보내라고요.

그러려고 노력하는데 사실 쉽지 않아요. 아내는 가끔 저의 예민함을 얘기하거든요. 너무 예민하대요. 전형적인 못된 B형 남자요. 글을 쓰면서 많이 외롭고 예민해진 감정을 가족에게 쏟아부을 때가 있어요. 사실 어제는 아내와 좀 다퉜어요. 다 저의 예민한 마음 때문에 생긴 일이에요.

함께하는 시간 동안에는 가족을 외롭지 않게 하고 싶어요. 그런데 글을 쓰고 출판사에 투고하면서 예전만큼 가족을 돌보지 못한다는 생각이 들어요. 저는 더욱 예민해지고, 더욱 나약해지죠. 그래서 조금 괴롭고요. 글을 쓴다는 건 참 외로운 일 같아요. 저에게도. 제 주변에도. 그래서 어제는 넬의 〈_〉를 들으면서 조금 슬펐어요.

아, 누나 오늘 출근하는데 우체국에서 문자가 들어왔어요. 금요일에 보낸 신춘문예 원고를 잘 배달했다는 문자요. 아침에 눈 떠보니 비가 오더라고요. 조금 불안했어요. 종이로 출력해서 보낸 원고가 비에 젖으면 어쩔까 싶었죠. 잉크가 번져서 심사위원들이 볼 수 없을 정도로 종이가 젖으면 어떡하지 싶었어요.

예심에서 떨어질 운명일지라도 심사위원들이 한 번씩은 읽어봐야 하잖아요. 우체국에서는 안전하게 잘 배달했대요. 누나가 쓴 세 번째 책이 저에게 온 날은 봄비가 내렸어요. 봄꽃이 막 피어나던 시기였기에 비를 맞은 꽃들이 지기도 했었죠. 그때 저는 누나에게 누나의 세 번째 책을 출간하는 축하의 비로 생각한다고 했어요. 저에게도 오늘 내리는 비가 그런 비라면 좋겠어요. 제가 쓴 글이 신춘문예 담당자들에게 안전하게 도달하도록 행운을 빌어준 겨울비요.

벌써 12월이에요.
올해 달력도 이제 한 장 남았네요.

## 12월 4일

누나. 저는 요즘 작가들의 명언집을 보고 있어요. 때로는 작법서보다 작가들의 짧은 말 한마디가 글쓰기에 더 도움이 될 때가 있거든요. 요즘 보는 책은 『그럼에도 작가로 살겠다면』이라는 책이에요. '작가들의 작가에게 듣는 글쓰기 아포리즘'이라는 부제가 붙은 책이요.

책을 보다가 마음에 와닿는 문장이 있었어요. E. L. 닥터로라는 사람이 남긴 말인데요. '글을 쓴다는 건 한밤중에 차를 모는 일이나 다름없다. 우리는 전조등 불빛이 비치는 만큼만 볼 수 있을 뿐이지만, 그래도 전체 여정을 가늠할 수 있다.'라는 문장이에요. 책은 소재별로 관련 명언들을 모아 놨는데요. 이 문장은 '용기' 부문에 있었어요.

저는 이 문장을 보면서 왠지 따뜻하고, 위로받는 느낌이 들었어요. 전체 여정을 가늠할 수 있다는 부분에서 저는 실제로 용기가 생겨났어요. 한밤중에 차를 몰다가 전조등으로 부족하다면 가끔 하이빔을 켜도 좋겠죠. 앞을 가로막는 장애물이 있을 때는 클락션을 빵빵 눌러도 될 테고요. 저한테는 배은영이라는 고성능 내비게이션도 있어요.

글쓰기가 한밤중의 운전이라면, 투고와 출간 과정은 차에서 내려 목적지까지 안전하게 걸어 들어가는 일일까요? 저도 곧 차에서 내려 최종 목적지에 다다를 수 있겠죠. 저는 하체 부실자라서 운전 오래 못 한단 말이에요. 그래도 당분간은 안전벨트 꽉 매야죠. 길이 많이 울퉁불퉁해요.

## 12월
## 10일

누나. 주말에 결혼기념일이라 온 가족이 모였군요. 저도 어제 본가에 다녀왔어요. 부모님 결혼기념일이라서 형네 가족이랑 다 같이 모인 거예요. 부모님 결혼기념일은 양력 12월 7일. 혹시 누나도 같은 날이에요?

누나를 처음 알게 되고 저는 누나와의 공통점이 있으면 찾곤 했었죠. 그런 거 있잖아요. 좋아하는 사람이 생기면 괜히 별거 아닌 우연을 인연이라고 믿는 거요. 제가 아내를 처음 만난 날 생년월일이 같다는 걸 알고서는 괜히 호감이 생긴 거처럼요.

누나는 이미 책을 세 권이나 낸 작가. 다른 누군가가 누나와 저를 볼 때 작가라는 공통점으로 얘기할 수 있다면 얼마나 좋을까요. 저는 여전히 작가 지망생이지만 그런 날이 곧 올 수 있겠죠.

12월
17일

토요일에는 수원에 다녀왔어요. 전에 같이 했던 직장인 밴드 멤버들 몇몇이 모였거든요. 재미있었어요. 다들 오랜만에 보기도 했고요.

이 모임에 가면 즐거워요. 똘기 충만한 사람들이 많아서요. 모이면 항상 시트콤 같은 상황이 벌어지곤 해요. 저는 이 멤버 중에 원배 형을 가장 먼저 알게 됐어요. 최원배. 방송국 소품팀에서 일하는 형이에요. 이름은 원밴데 우리는 춘배라고 불러요. 어쩐지 하는 행동이나 외모가 원배보단 춘배가 어울리거든요.

원배 형하고는 일하면서 알게 됐어요. 저도 음악을 한다는 걸 알고서는 자기네 모임에 한번 와보라고 해서 놀러 갔다가 코 꿰인 거예요. 연습실이 되게 좋았거든요. 기타는 누구, 드럼은 누구, 베이스는 누구 저한테 멤버들을 소개해주면서 키보드 치는 애 가리키고는 "여기는 키보지, 키보지." 하는 거예요. 완전 저속하잖아요.

아, 이런 저급한 사람과 더는 말을 섞고 싶지 않다…라고 생각했는데 벌써 10년이 됐어요. 원배 형은 반년 전에 교통사고를 당했어요. 몇 달간 병원에 입원했고 산재보험 처리돼서 5개월간 일을 쉬었어요. 원배 형은 일밖에 모르던 사람이었는데 그 기간 동안 요리학원에 다녔대요. 토요일 음식도 거의 원배 형이 다 했대요. 심지어 맛도 있었고요. 정말 예측이 불가한 사람이에요. 시간은 많은 걸 바꿔 놓는 거 같아요. 일밖에 모르던 사람이 요리를 배우기도 하고요. 저급하다고 생각했던 사람이 가장 좋아하는 형이 되기도 하죠.

밴드가 공연할 때 사진을 찍어주던 형이 하나 있어요. 사진작가예요. 저 결혼할 때 사진 찍어주기도 했던 형. 사진도 예술이다 보니 배고픈 직업이었죠. 주로 프로필 촬영이나 펜션 사진을 찍어주는 일을 했었는데 지금은 구독자가 10만 가까운 유튜버가 됐어요. '캠핑한끼'라는 제목으로 영상을 올리고 있어요. 잘됐죠.

생각해보면 이 모임의 사람들은 하나같이 다들 잘됐어요. 밴드에서 보컬이던 형은 오랜 세월 대학로 연극 무대에 섰던 무명배우인데, 몇 년 전부터는 TV 드라마에 얼굴을 보이더니 올해는 거의 주연급으로 나온 영화도 있었고요. 얼굴 보시면 아실 거예요. 윤경호라는 배우예요. 〈완벽한 타인〉이라는 영화에 나왔는데 반응이 괜찮은 거 같던데요?

나이 차이가 많이 나던 기타 치는 애가 있었는데 얘는 국제 변호사가 됐어요. 훈희라는 녀석인데요. 얘가 미국에서 살다 와서 사고방식이 좀 자유로운 애였거든요. 만날 개념 좀 챙기라고 했던 앤데 변호사가 됐어요.

밴드 멤버는 아니었지만 같이 어울렸던 재근이는 폐백 사업을 10년 넘게 하다가 얼마 전에 사업을 정리했어요. 그동안 모은 돈으로 미국 투자 이민을 떠날 거래요. 저보다 한 살 어린 친군데 저는 얘를 보면 왠지 형같이 느껴지기도 해요. 토요일 모임은 얘가 미국으로 떠나기 전에 마지막으로 본 거예요.

일산에서 한의원을 하는 승택이 형은 훌륭한 다이어터가 됐고요. 키보드 치던 현우는 유명한 뮤지션들과 작업하는 작곡가가 됐어요.

다들 가능성만 가지고 있던 젊은 청춘 시절 함께했던 사람들이에요. 10년이 지나니 다들 자기 자리를 찾아가고 성장하는 게 눈에 보여요. 사람들이 저보고 요즘 뭐 하고 지내냐고 묻는데 딱히 할 애기가 없었어요. 글을 쓰고, 출판사에 투고한다는 얘기는 못했어요. 저만 제자리에 머물러 있는 느낌이 들기도 했고요.

다들 잘되고 있으니, 저도 곧 잘될 수 있을까요?
저의 가능성도 언젠가는 꽃피울 날이 오겠죠?

12월
20일

얼마 전에 영화 〈접속〉을 봤어요. 젊은 날의 한석규와 전도연이 나온 영화. 〈접속〉 좋아하세요? PC통신 채팅을 통한 두 남녀의 만남에 관한 영화잖아요. 저는 어릴 때 이 영화를 못 봤거든요.

문득 보고 싶다는 생각이 들어서 이제야 본 건데 영화 속 두 주인공이 마지막엔 만나더라고요. 저는 이 결말이 싫었어요. 제가 좋아한다던 소설, 그리고 누나도 재미있게 읽었다던 소설 『새벽 세시, 바람이 부나요?』 속 두 주인공은 결국 만나지 못하잖아요. 음. 누나는 소설 속 두 주인공이 만나도 좋았을 거 같다고 하셨죠. 『새벽 세시, 바람이 부나요?』의 후속작 『일곱 번째 파도』에서는 두 사람이 만나버려서 저는 좀 싫었어요.

전작에서 가지고 있던 긴장감이 모두 사라져버린 것 같아 허무하달까요. 『바람과 함께 사라지다』는 명작으로 기억에 남지만, 그 뒷이야기를 담은 『스칼렛』은 그렇지 못하잖아요. 저는 다니엘 글라타우어의 두 소설이 그랬어요. 후속작은 없는 게 더 좋았을 것 같아요. 해피엔딩보다는 비극적인 결말이 사람들 뇌리엔 더 깊게 박히는 거 같기도 하고요.

저는 글 쓰고 투고하면서 꼭 만나 뵙고 싶은 분이 두 사람 있어요. 한 사람은 뭐, 배은영 작가님이고요. 한 사람은 아로새김출판사 대표님이요. 그러고 보니 두 분 모두 온라인에서 만나 인연을 키워온 분들이네요.

영화 <접속>의 두 남녀나, 소설 『새벽 세시, 바람이 부나요?』 속 두 남녀가 만나는 것은 원치 않았지만, 현실 세계에서는 달라요. 저는 누나를 만나 뵙고 싶어요. 기회가 된다면 아로새김출판사 대표님도 만나 뵙고 싶고요. 누나랑 저는 언젠가는 한 번쯤 볼 날이 오겠죠. 서울에서 사인회를 하시게 되면 종이를 스윽 내밀면서 저의 정체를 밝힐지도 모를 일이고요.

서울에서 군산까지 차로 세 시간이면 갈 수 있던데. 마음만 먹으면 언제든지 우리는 볼 수 있을 텐데. 그런데 아직까지는 누나를 보는 일을 상상하면 부끄러워요. 저도 작가가 되면. 제 이름의 책이 나온다면. 그때는 당당하게 누나를 볼 수 있을 것만 같은데. 그전까지는 조금만 기다려주실래요?

아, 영화 <접속>은 얼마 전에서야 봤지만 <접속>에 등장하는 곡은 예전부터 좋아했어요. 벨벳 언더그라운드의 〈Pale Blue Eyes〉요. 때로는 행복하고, 때로는 슬펐지만, 대부분 너는 나를 미치게 만들었다는 곡이요. 〈접속〉에서 이 곡이 되게 중요한 장치로 나오더라고요.

제 음악 에세이에 이 곡을 소재로 글 쓴 게 있어요. 첫사랑에 관한 글. 저는 첫사랑을 PC통신하면서 만났어요. 누나에게 처음 댓글 달았던 날 얘기했었죠. 유머 동호회에서 활동했었다고. 거기서 만난 아이였는데 몇 년 전에 저에게 결혼 소식을 알려주었거든요.

그날 하루 종일 벨벳 언더그라운드의 〈Pale Blue Eyes〉를 들었어요. 돌이켜보면 첫사랑 아이가 정말 그랬거든요. 때로는 행복하고, 때로는 슬펐지만, 보통은 나를 미치게 만들었던 사람. 그리고 무엇보다 곡에 등장하는 이 가사의 기분을 느끼고 싶었거든요.

> The Fact That You Are Married, Only Proves, You're My Best Friend.

> 네가 결혼했다는 사실은 우리가 그저 베스트 프렌드라는
> 걸 증명할 뿐이지.

첫사랑은 이제 그저 친구일 뿐이에요.
영화 〈접속〉을 보면서 누나 생각이, 그리고 첫사랑 아이가 잠시 떠올랐어요. 살면서 첫사랑 아이는 다시 볼 수 없을지 몰라도, 누나는, 배은영 작가와는 언젠가 만나게 되겠죠.

12월
24일

누나.

메리 크리스마스.

즐거운 성탄절 보내세요.

저도 가족들과 즐겁게 잘 보낼게요.

## 12월
## 27일

며칠 전에 아로새김출판사 대표님에게 메일이 왔어요. 대표님은 주말이면 시골에 내려가시거든요. 지인분이 귀농하셨는데 주말마다 그곳에 내려가 농사일을 돕곤 하신대요. 시골에 가셔서는 제가 쓴 원고를 다시 읽어보셨대요. 여전히 욕심이 나는 좋은 글이라면서요. 출간에 대한 판단은 회사의 금전적인 상황에 맞물린 결과였대요. 괜히 책을 냈다가 프로모션도 제대로 못할까 봐 두려우셨대요.

제가 아직 계약을 못 했다고 하니 당신께서 더 답답하시대요. 이 정도 원고면 분명 하겠다고 나서는 출판사가 있을 거라고 생각하셨대요. 원고가 가지는 기대에 부응하기 위해서는 당신 출판사보다 큰 출판사에서 나와야 한다고 생각하셨대요.

요즘에는 책이 공급 과잉되는 시대라 힘들다고도 하셨어요. 한 해 2만여 종 출간되던 것이 이제는 8만 종이 되었다고. 서점은 줄어들지만 출판사와 책을 내려는 사람들은 늘어나는 기형적인 구조가 되어버렸대요. 뾰족한 수는 없지만 매일 궁리를 하신대요.

같이 만나서 막걸리 한잔 하기로 했던 게 여름인데, 벌써 한겨울이고, 올해도 끝나가는데 아직 만나 뵙질 못했어요. 언젠가는 만나 뵐 날이 오겠죠. 제 글을 처음으로 좋다고 해주신 대표님이에요. 제 글이 '참' 좋다고 해주신 분.

아, 대표님이 노안이 와서 작업 속도가 좀 느려졌다는 얘기도 하셨어요. 책을 만드는 일은 많은 글자를 다루어야 하고, 점검해야 할 것도 많은 노동 집약적인 작업이라면서요. 노안이 온다면 정말 슬플 것 같아요. 책을 만드는 사람도, 책을 읽는 사람도, 그리고 글을 쓰는 사람도요.

대표님이 제 원고를 다시 읽어보고 생각해보신다고 하셨어요. 저한테 메일 주신 내용만 읽어보면 희망을 품게 되는 내용이에요. 제 글은 장르를 넘나드는 독특한 글이라서 일반적인 기획이나 마케팅 잣대로는 판단하기 어려우시대요. 여전히 성공에 대한 확신은 서지 않는다면서요. 계속 생각이 나고 눈길이 가는 묘한 글이래요. 어떻게 할 수 있는 방법이 있을지 고민해보신대요.

큰 기대는 안 하고 있어요. 다만 새로 보강한 원고를 다시 보내드리긴 했어요. 아로새김에 투고할 때는 챕터도 나누지 않은 원고였으니까요. 출간된 책이 생명력을 잃지 않기 위해서 계속 홍보하고 팔아야 한다고 하셨죠? 제 글은 비록 책이 되진 않았지만, 아직 생명력을 잃지는 않은 거 같아요. 누군가에게 자꾸 생각나는 글, 욕심이 나는 글이라면, 제 글도 언젠가는 책이라는 멋진 옷을 입고 세상에 나갈 수 있지 않을까요?

출판사 대표님이 조만간 다시 연락 주신대요.

## 12월 31일

누나는 다자이 오사무의 『인간실격』 좋아하세요? 저는 소설로 몇 번 읽었고요. 만화로도 두 번 봤어요. 얼마 전에 이토 준지가 그린 『인간실격』이 나와서 그걸 보기도 했고요.

가수 중에 '요조'라는 사람 있잖아요. 목소리 예쁜 가수요. 책도 몇 권 냈었고, 지금은 제주도에서 책방을 운영한다고 들었어요. 예전에 요조를 몇 번 본 적 있어요. 어릴 때요. 음악할 때. 그때 요조는 지금과는 다른 장르의 노래를 했었고, 다른 이름을 썼거든요. 어느 날 '요조'라는 이름으로 활동을 하는데 저는 요조숙녀 할 때 요조인 줄 알았어요.
그런데 오바 요조, 할 때 요조래요. 『인간실격』의 주인공 오바 요조요. 오바 요조를 보면 되게 나약하고 피해 의식도 심하잖아요. 저는 『인간실격』 읽으면서 요조의 약한 마음이 조금 이해가 되기도 했어요. 오바 요조는 그래요. 맨발로 걷다가 발바닥에 유리 조각이 박혀서, 그 유리가 몸속을 맴돌다가 눈알을 찔러 실명하게 되는 일을 겁낸다고요.

제가 쓸데없는 걱정을 하며 사는 인간이라고 했었죠? 그런 점에서 오바 요조의 마음을 이해하는 것일지도 모르죠. 저도 요즘 들어 시력을 잃게 되면 어쩌나 싶은 걱정이 생기더군요. 보지 못한다는 것에 두려움이 생겼어요. 요새는 둘째가 저보다 일찍 일어나요. 며칠 전에는 자고 있는데 둘째가 안경을 저에게 주면서, "아빠 눈, 아빠 눈." 하는 거예요. 안경이 제 눈을 대신한다는 걸 둘째도 이제 아나 봐요.

제가 하와이 여행기를 쓴 적이 있잖아요. 그때 파도가 제 안경을 쓸어 가고서는 남은 일정을 안경 없이 지내야 했던 일을 썼죠. 그날 이후로는 여행을 가게 되면 항상 안경을 두 개 챙긴다고 쓰기도 했고요. 안경 없이는 아무것도 보이지 않았다고요.

그런 생각이 들었어요. 어느 날 내가 시력을 잃게 되면 할 수 있는 게 아무것도 없겠다는 생각이요. 사랑하는 가족들을 볼 수도 없을 테고, 좋아하는 축구도 볼 수 없을 테고요. 새로 나오는 음반의 자켓 사진도 볼 수 없겠다는 생각이요. 좋아하는 것을 볼 수 없게 되는 막연한 두려움이요.

그리고 글을 쓸 수도 없겠다는 생각이 들었어요. 요즘은 이런 상상을 하면 이게 두려워요. 더 이상 글을 쓸 수 없는 상황이 오면 너무 힘들 것 같다는 생각이요.

누나. 저는 계속 글을 쓰고 싶어요.

저 사실 올해. 딱 올 한 해만 글을 쓰고 투고하려고 했어요. 올해까지 답이 나오지 않으면 더 이상의 미련 없이 글쓰기를 삶에서 놓겠다고 생각했어요. 그런데요. 이제는 계속하고 싶어요. 누나가 저에게 얘기했었죠. 첫 책이 마흔 전에 나오는 것도 좋을 테고, 아이가 학교에 들어가기 전에 나오는 일도 멋진 일일 거라고요.

저는 마흔이 되기 전에 책이 나오지 못할 수도 있겠죠. 당장 내년이면 큰애가 학교에 들어가는데 이건 이미 실현 못할 일이에요. 누나는 마흔이 되어서야 글을 쓰고 싶다는 생각이 뿌리내렸다고 하셨죠. 꾸준히 글을 쓰다 보니 어느새 책이 되었다고 하셨고요.

작가님. 작가님.
저는 계속하려고 해요. 글쓰기요. 글을 쓰다 보면 언젠가는 책이 될 수도 있겠죠. 올 한 해에 그치는 일이 아닌 제 삶에서 글쓰기를 계속 곁에 두고 싶어요. 눈이 멀어서 글을 쓸 수 없는 모습을 상상했더니 너무 힘이 드는 거예요. 제 눈이 세상을 바라볼 수 있는 지금. 손가락이 자유롭게 움직이는 지금. 제가 쓴 글을 세상에 꾸준히 보내볼 거예요. 언젠가는 책이 될 수도 있다는 꿈을 갖고서요.

작가님. 작가님.
제가 좋아하는 배은영 작가님.
제가 작가님에게 썼던 글들도 모아서 출판사에 보내볼 거예요.
어떤 소재라도 책이 될 수 있겠죠.
진심을 가지고 썼다면 말이에요.

작가님. 작가님.
제 글이 책으로 나오는 날.
작가님에게 정식으로 프로포즈할게요.
우리가 말로만, 그리고 상상으로만 이야기 나누었던 대꾸 에세이를 꼭 같이 써보자고요.
그러고 싶어요. 그럴 수 있다고 생각해요.

작가님. 작가님.

올해 작가님을 알게 된 게 저에게는 행운이었어요.

오늘도 즐거운 하루 보내시길 바랄게요.

내년에도 올해처럼 잘 부탁드릴게요.

우리 새해에는 복 많이 받자고요.

작가님도. 저도.

작가님… 작가님…….

〈끝〉

# 작가의 말

저에게는 '작가의 말'을 쓰는 이 시간에도 '작가'라는 단어가 여전히 무겁고 어렵게만 다가옵니다. 글을 쓰고 투고하며 느꼈던 가장 큰 감정은 '부끄러움'이었어요. 이 부끄러운 감정이 어디에서 나오는 건지는 온전히 알지 못하지만, 저는 많이도 부끄러웠습니다. 부끄러움이 응어리져 만들어진 이야기라도 부디 독자에겐 부끄럽지 않게 가닿길 바랍니다.

정통적인 방식으로 등단하지 않은, 그리하여 무명인, 또 그러한 신인 글쟁이의 첫 이야기를 읽어주신 독자님들에게 가장 먼저 감사드립니다. 제가 쓴 단어를, 또 문장을, 또 문단을, 하루하루 써 내려간 꼭지와 그렇게 만들어진 이야기 『작가님? 작가님!』을 즐겁게 읽으셨다면 널리 퍼트려주세요. 책 제목을 해시태그로 달아 게시해주시고, 공유도 해주세요. 무명 신인 이야기꾼의 손을 잡아주세요. 그렇게 해주신다면 저는 조금은 더 '작가'에 가까워진 사람으로 다음 글을 쓸 수 있을 것만 같습니다.

저는 어릴 때 음악을 하고 싶었어요. 뮤지션이 앨범을 내면 속지에 고마운 사람들의 이름을 적어두곤 하죠. 어설프게 부여

받은 재능과 노력의 부족함으로 제 목소리가 담긴 앨범을 낼 수는 없었지만요. 이렇게 또 다른 창작물을 내면서, 그동안 고마운 분들을 이야기할 수 있게 되어 다행입니다.

2017년 가을, 저에게 처음으로 "책을 한번 써보지?" 하고 얘기해주신 문현기 교수님 덕에 여기까지 온 것 같습니다. 누군가 가볍게 건넨 한마디 말에도 꿈이 생겨난 경험을 하면서 새삼 '말'의 힘을 배웠습니다. 그 말의 힘을 글로 옮겨 적는 일은 고달프지만, 즐겁지 아니했다면 할 수 없었을 거예요.

글에는 항상 유머와 감동을 지녀야 한다는 것을 알려준 PC통신 유니텔 유머동호회 〈하얀이와 반달눈〉의 가족들. 또 창작 욕구를 일깨워준 흑인음악동호회 〈Word Up〉 회원들에게도 감사합니다.
그저 음악 커뮤니티 이용자에 불과했던 저에게 수년 전 지면을 할애해주고, 필진 자리를 내어주었던 강일권 편집장과 흑인음악 웹진 〈리드머〉 식구들에게도 고마움을 전합니다. 특히 글 쓰고 생활하는 저를 꿈에서도 응원해준 서상훈 형과 그의 아내 은혜에게 고맙습니다. 종종 책 이야기를 나누고 있는 우동

수님 역시 고맙습니다.
음악 커뮤니티 디씨트라이브에 글을 올릴 때마다 선플을 달아 주신 분들도 잊지 못합니다.
오랜 시간 몸담았던 직장인밴드, Doggy Band 가족들에게도 감사합니다.

이영효님, 이홍순 여사. 제 부모님이에요. 이야기를 볼 수 있는 눈과 들을 수 있는 귀, 또 느낄 수 있는 마음과 쓸 수 있는 손을 물려주셔서 감사합니다. 삶이라는 무거움에 항상 겁먹고 위축되어 있던 모습을 보인 것 같아 죄송하기도 합니다. 책을 내면서 부모님께 조금은 자랑스러운 자식이 될 수 있을 것 같아 다행입니다.
저와는 같은 날에 태어난 정서영 씨. 같은 집에 살면서 저를 '이경'이라고 불러주는 사람입니다. 글을 쓴답시고 항상 뾰족하고 예민하게 굴어서 미안합니다. 못난 남편이자 아빠였던 점, 반성할게요. 그리고 고맙습니다. 두 아이와 함께하는 앞으로의 삶도 여전히 치열하겠지만, 잘 부탁드립니다.

『작가님? 작가님!』을 작업하면서, 가장 많이 들었던 곡은 스타일 카운슬의 〈It's a Very Deep Sea〉였습니다. 가만히 놔두어도 좋을 과거를 들추기 위해 잠수한다는 내용의 곡을 듣고서는 많은 영감을 얻었습니다. 이 글을 보지는 못하겠지만, 곡을 쓰고 노래한 영국의 폴 웰러 옹에게도 감사합니다.

글을 쓰고 투고하며, 편집자를 만나고 출판사와 계약을 맺는 과정은 지난했습니다. 제임스 미치너의 『소설』 속 소설가 루카스 요더가 자신의 편집자와 에이전시를 부르듯, 저에게는 출간 과정이 구원의 천사를 만나는 일처럼 느껴졌는데요. 스쳐 지나간 많은 출판사 대표님과 편집자분들에게도 감사드립니다.

사실 『작가님? 작가님!』은 새움출판사와 계약하기 전에 한 출판사와 출간 논의가 오가던 원고입니다. 출판사의 사정으로 계약을 맺진 못했지만, 그때 만났던 편집자분이 저에게 하신 말이 잊히지 않습니다. 출판업은 사양업이며, 심지어 학교에서 책을 읽으면 왕따가 되는 세상이라고 하셨어요. 그럼에도 여전히 책을 만드는 자신과 책을 파는 마케터는 바보라고 했습니다. 저를 가리켜 이곳에 발을 들인 작가님도 바보가 되는 것이라고 했어요. 우리는 모두 바보라고 했습니다.

고백하자면 저는 사양업이나 바보라는 단어보다 편집자님이 불러준 '작가님'이라는 호칭에 마음이 더 동했던 거 같아요. 작가가 될 수 있다면 얼마든지 바보가 될 수 있노라고, 흔쾌히 바보가 되고 싶다고 생각했습니다. 바보처럼 글을 쓰면서 마주한 많은 출판 관계자분들이 저에게는 구원의 천사였습니다. 『작가님? 작가님!』에는 여러 출판사와 편집자, 작가분들의 이름이 나오는데요. 일일이 연락 드리지 못한 점 죄송합니다. 부디 기분 상하지 않고 넓은 마음으로 받아주시면 고맙겠습니다.

새움출판사에서 저에게 처음으로 연락해온 날을 떠올려봅니다. 생면부지의 투고자에게 편집자님은 일만 자에 가까운 글을 적어 보내왔어요. 제 원고의 빈틈을 이야기했고, 그러면서도 애정 어린 시선을 보여주었습니다. 살면서 처음으로 만난 저의 편집자로 기억될 거예요. 편집자님과 원고 교정을 주고받던 시간은 단순히 글을 주고받는 것이 아닌, 마음을 주고받는 일이었다고 생각합니다. 편집자님 덕에 저는 많이 배울 수 있었어요. 새움출판사 관계자분들 모두 고맙습니다.

마지막으로, 배지영 작가님 이야기를 안 할 수 없는데요. 『작가님? 작가님!』의 실질적인 주인공이자 이야기의 시작과 끝, 내내 존재하는 인물이죠. 배지영 작가님을 알지 못했더라면 『작가님? 작가님!』은 세상에 나오지 못했을 거예요.
사실 배지영 작가님이 저에게 글쓰기 기술이나 출간 노하우를 알려주신 건 아니었어요. 다만 작가님은 꾸준히도 제 이야기를 들어주셨습니다. 출판사에 글을 보내고 결과물을 만들지 못하는 저에게, 또 때로는 계약 직전에 무산된 저에게 배지영 작가님이 하신 말씀이 기억에 남습니다.
"울어. 울고 싶을 때는 울어도 돼."
세상에 널린 그 어떤 위로보다 저에게는 힘이 되는 얘기였어요. 작가님 덕에 저는 내면에 감춰두었던 감정을 밖으로 표현할 수 있었습니다. 작가님 덕에 많이 울고, 다시 힘을 내서 글을 쓸 수 있었습니다. 저에게 군산이 빛나는 도시의 이미지로 남아 있는 건 배지영 작가님이 존재하기 때문이에요. 작가님을 통해 전해 들었던, 군산 한길문고 선생님들도 꼭 한번 찾아뵙고 싶습니다. 배지영 작가님. 작가님에겐 다른 어떤 말이 더 필요할까요. 고맙습니다.

어설프기만 했던 작가 지망생의 이야기를 들어주신 작가님, 작가님.
언젠가 기회가 된다면 저와 함께 대꾸 에세이를 써보시겠어요?

2019년 10월.
사무실에서 낡은 키보드를 두드리며, 이경.